かませ犬な第一王子に転生したので、ゲーム知識で無双する

しんこせい

ぶんか社

C O N T E N T S

プロローグ

『アウグストゥス　～至尊の玉座～』というゲームがある。

中世ファンタジー風の異世界を舞台にした所謂《いわゆる》シミュレーションゲームであり、一部の熱狂的なファンを獲得した迷作として有名な作品だ。

迷作というのは誤字ではない。

名作ではなく、迷作だ。

このゲーム、色々ととっ散らかって伏線が投げっぱなしになっていたり、基本的に鬱《うつ》エンドに終わってしまうような仕様になっている。

シナリオフラグの立て方《かた》も雑で、ユニットごとの戦闘力の隔絶具合など、細かい粗《あら》を挙げればキリがないほどである。

だがこのゲーム、意外なことに一部のコアなファンから絶大な支持を受けている。

荒削りだが光るものがあると、『アウグストゥス　～至尊の玉座～』のファンは皆口を揃《そろ》えて言うのである。

この作品の魅力とは、なんと言っても中世ファンタジーの色味を残した古臭《ふるくさ》さと、機動鎧と呼ばれる特殊な武装にある。

この鎧《よろい》の素材には魔物の筋肉や金属が使われることが多い。

機動鎧とは魔物のファンタジー素材や各種金属に状態保存の魔法をかけることで生み出された、文明の発達度合よりはるかに進んでいる、どこか近未来的な鎧だ。

SF映画に出てくる、ゴテゴテしたパワードスーツのようなものを想像してもらえると分かりやいだろう。

ちなみにこの機動鎧、物語が進んでいき魔物が凶悪になっていくにつれ、新しいものが次々と生まれるようになる。

ドラゴンやグリフォンなどのような強力な魔物たちを素材に使ったり、ファンタジー世界特有の金属であるミスリルやオリハルコンなどを使う終盤では、どこぞのロボットアニメに出てきそうなごてごてとした機体が登場するようにすらなるくらいに劇的な進化を遂げていく。

機動鎧というファンタジー世界だからこそ許された兵器に搭乗した兵士は、通常の歩兵などものともせず、鎧袖一触《がいしゅういっしょく》のうちに蹴散らしてしまうような強力な戦闘ユニットへと変わる。

エースパイロットである特定のキャラが搭乗すれば、誇張無く一騎当千《いっきとうせん》の活躍をすることも可能となるのだ。

未《いま》だ鉄砲は開発されておらず、機動鎧の基本的な兵装は弓と刀剣のみ。

この世界では一騎打ちで敵将を討ち取ることが最大の武勲となっており、騎士道は廃れていない。

騎士たちは機動鎧に搭乗する機動士として、騎士道精神を遺憾なく発揮し続けるのだ。

そんなどこか歪《いびつ》な世界で、プレイヤーは主人公であるエドワード第二王子として生きていく。

リィンスガヤ王家に次男として生を受けた彼は、隣国の兵士たちや略奪を行う山の民、そして王位継承をかけて兄弟たちと戦いながら、人としても王としても成長していく。

プレイヤーは様々なユニットを使い分け、ストーリーを進めていかなくてはならない。

機動士、そして機動鎧の前身となるパワードスーツを着用した強化歩兵、徐々に廃れていくことになる魔法兵などの様々な兵種の運用の仕方を戦いながら学んでいき、後に戦うことになるボスモンスターたちとの戦闘に入る前にコツを掴《つか》んでいくのだ。

ちなみにただ戦い勝ち続けるだけでは駄目なところは、一般的なシミュレーションゲームとそう変わらない。兵士たちの士気や忠誠度によっては反乱やクーデターも起こりゲームオーバーになってしまう危険もある。

そのため、戦闘の銃後においても気を抜くことはできない仕様となっていた。

戦争それ自体も、ただ勝つだけでは駄目なことが多い。

敗戦国や植民地から搾取をし過ぎれば、主人公だけでは防ぐことが不可能な暗殺を仕向けられたり、親衛隊だけでは対処のできない強力な機動鎧によって殺されてしまうこともある……。

このように機動鎧を使ったド派手なバトルを楽しみながらただ楽しく戦争をするだけではゲームがクリアできない辺りが、このゲームが迷作と呼ばれる所以《ゆえん》なのかもしれない。

このようにいくつものことに目を向けなければいけないため、ストーリーをしっかりと進めていくためにはマルチタスクの能力が必要なのは言うまでもない。

さらに言うとこのゲーム、ヒロインや後々の展開を左右することになる重要な登場人物たちが、かなり早い段階で死ぬか闇堕《やみお》ちしてしまうという特大の地雷がある。

そのため何も見ずに攻略をすれば、ほぼ間違いなくバッドエンドを迎えることは確実。

そしてプレイヤーは一周目に何もできなかった自分に歯噛《が》みをしながら、次こそはと決意を固め攻略サイトのwebページを開くのだ。

ちなみに俺は攻略は見ないという人も、その強気はそれほど長くは続かない。

「こんなの分かるわけねぇだろ!」と叫びたくなるようなやり方でしか助けられないというパターンもかなり多いからだ。

自分が好きなキャラクターに襲いかかろうとする不幸を撥《は》ね退《の》けるためには、有志たちの涙と屍《しかばね》の上に築かれた攻略情報のお世話になる必要があるのである。

主人公を始めとするメインキャラたちが誰一人として不幸にならず、兄弟やヒロイン全員と共にパーティーを開いて王位継承を祝うことができるのは、最終到達地点であるグランドルートをクリアした場合のみ。

ただグランドルートで救済されるのはあくまでも主要なキャラのみであり、サブキャラにまで救いの手を伸ばそうとすると、その難易度はさらに跳ね上がる。

機動鎧に乗ればかなり優秀な機動士として八面六臂《はちめんろっぴ》の大活躍をしていたであろう騎士ライエンバッハのような有能かつ強力なキャラクターたちに、とある人物によってもたらされる死の危険というものを回避することが、なかなかに難しいからだ。

遠征や外征を始めとする大規模イベントにおいて高確率で死んでしまうキャラクターたちを、早い段階で味方へ引き入れる。仲間に加えた後に、さらに襲いかかることになる悲劇に対して事前に対策を施しておき、惨劇を回避させる。

そして新たな被害が出ないうちにその元凶となる人物を排除する。

それら全ての条件をクリアするのは、並大抵の労力ではできないことだった。

非公式ではあるが、彼ら登場人物たち全員を守り抜いてゲームをクリアすることは真グランドエンドなどと呼ばれており、このエンドを達成できたプレイヤーはほとんどいないとされている。

――これ以上のハッピーエンドはないとされている、真グランドエンド。

しかしこのルートにおいて、実は物語に深く関わる人物であり、さらに言えば主人公と血縁であるにもかかわらず、救済されないキャラクターが一人だけ存在する。

そのキャラの名前は――トッド＝アル＝リィンスガヤ。

主人公エドワードの兄であり、本来なら父から王位を譲り受ける筈《はず》だった、リィンスガヤ王家の第一王子である。

トッドはファンの間では『欠知王』というあだ名で呼ばれていた。

欠地王ジョンをもじったそのネーミングは、トッドという人間のことをこれ以上ないほどに上手《うま》く言い表していた。

トッドは短気で、王太子という地位を笠《かさ》に着て傍若無人《ぼうじゃくぶじん》な行動を繰り返す。

王国貴族以外を人として見ず、王国に暮らす平民たちですら彼からすれば路傍の石ころとなんら変わらない。

終盤に古代遺跡から掘り起こされる完全に機械化された機動鎧が出てくるまでは、機動鎧など魔物の生ゴミだなどと言い放ち、機動士たちのことを軽視し続けていた。

リィンスガヤ王家の三男であるタケル＝フン＝リィンスガヤの母親が心労で死んだのも、親を亡くしたタケルを復讐《ふくしゅう》の鬼へと変えるのもトッドだった。ちなみにそうなった場合にのみ、タケルはトッドが王をしているリィンスガヤ王国そのものを恨み、後に王位を継ぐことになるエドワードと敵対することになる。

その時に相対《あいたい》することになる敵キャラこそが覚醒タケル――作中最強機動士であり、ローズを含めた最強格の機動士を複数揃えなければ、まともに戦うことすらできなくなる戦闘ユニットだ。

父に命じられた外征ではその無能さを遺憾なく発揮し、王国親衛隊《ロイヤルナイツ》の騎士団長であるライエンバッハや、本来後方任務を行う筈の土魔導師ソエルを死なせてしまう。

彼が植え付けた異民族に対する蔑視の風潮は長女エネシアへ受け継がれ、彼女の植民地支配は苛烈になり、多くの悲劇を生み出してしまう。

その悲劇の渦中には、隣国リィンフェルトにいる作中最強格の機動士であるローズや、タケルの母の故郷であるアキツシマで、機動鎧のプロトタイプを生み出した飯島《いいじま》ハルト準爵もいる。

プレイヤーが意図的に物語を進めなければ、彼らを助けることは難しい。

皆を幸せにする真グランドエンドを迎えるためには、周囲へ不幸を撒《ま》き散らすトッドを排除することが必要不可欠なのである。

ネットでは『トッドがいなければ優しい世界』、『とりあえず幼少期にトッド殺してからストーリー進めるのがベネ』などと散々に言われており、プレイヤーたちが彼にどれだけヘイトを抱えていたかを窺《うかが》うこともできる。

つまるところ真グランドエンドとは、トッド以外の主要人物が幸せになる終わり方。

トッド以外の全員が幸せになるというハッピーエンドなのだ。

「トッドがいなければ優しい世界、ね……」

木剣を構える少年は、そう小さく呟《つぶや》いてから握りを確かめる。

キリッとつり上がった目、整えられた眉、流れるように肩までかかる金色の髪。

着ている服は縫製の整った上物で、肩には赤く光沢のあるマントをひらめかせている。

だが何度も地面に転がっているからか、服は泥だらけで、体の至るところには擦《す》り傷ができていた。

強く握りしめている木剣は、今までの修練のせいかひどくボロボロだった。

すっぽ抜けないように巻かれている布は、手垢《てあか》と土汚れで真っ茶色に変色してしまっている。

歯を食いしばりながら正眼《せいがん》の構えを取る少年の向かいでは、一回りも大きな男が構えを解いてだらりと手を下げている。

今の自分はわざわざ身構えずとも対処できるほどの実力しかない。

口に出さずともそう言われているようで、心の奥から悔しさが溢《あふ》れてきた。

「殿下、どうかされましたか？」

「……いや、なんでもない。次こそ勝つ」

「あまり気負い過ぎないでください。そう何度も傷だらけになられると、陛下の勘気《かんき》に触れるやもしれませんので」

「父様は僕が納得させる。だから絶対に手は抜くなよ……いざ、参る！」

少年は男の方へと走り出し――カウンターをもろに食らって後ろへと吹っ飛んでいった。

地面をゴロゴロと転がった彼は、擦り傷だらけの体を強引に起こして荒い息を整える。

自分の実力不足は明らかであり……相手である王国親衛隊騎士団長――ライエンバッハとは、あまりにも実力が違い過ぎた。

「ライの背中は遠いなぁ……」

「剣一本で三十年生きてきた身です。その三分の一も生きていない殿下に超されてしまっては、立つ瀬がありませんよ」

「はは……生きた年月だけなら負けてないんだけどね」

「それは……どういう意味でしょう？」

「――なんでもないよ。それじゃあ、もう一回」

「はい、何度でも」

今年で齢《よわい》八歳になった少年――トッド＝アル＝リィンスガヤ。

彼はこの世界に生まれ落ちたその瞬間から、前世の記憶を持っていた。

『アウグストゥス　～至尊の玉座～』を愛して止《や》まない奇特なファンの一人だった彼は、生まれ落ちた世界を知った瞬間歓喜した。

そして自分が憑依《ひょうい》転生したのが誰であろう、トッドであることを知った瞬間に絶望した。

真グランドエンドを含め、トッドは全てのエンドにおいて最後には必ず死んでしまうキャラクターだからだ。

何故《なぜ》主人公であるエドワードではなく、『欠知王』などと揶揄《やゆ》されていたトッドになってしまったのか。

疑問は尽きなかったし、夜が明けるまで何度も泣き明かしたが、落胆したまま何もしなくとも、体はすくすくと成長していった。

嘆き悲しんでいた毎日を変えたのは、あることに気付くことができたからだった。

当たり前だが、この世界におけるトッドとは自分自身。

つまりは自分が行動に注意を払っておくだけで、本来なら起こった筈のいくつもの惨劇を回避することができるのだ。

前世のゲーム知識がある自分には、大規模なイベントが起こる日時や、悲劇が発生するタイミングはおおよそ分かっている。

皆を助けることが、真グランドエンドのように笑い合えるような世界を作り出すことが、自分にならできるかもしれない。

起こりうる未来を知っているというアドバンテージを活《い》かせば、絶対に殺されてしまう自分の未来を変えることだって不可能ではない筈だ。

そう考えるようになってからは、彼は後ろ向きに考えるのをやめた。

トッドも皆と一緒に生きていくことができるような理想の未来。

自分なら、そこに辿《たど》り着くことができるかもしれない。

そして彼は――不退転の決意を固めた。

前世はゲームと仕事以外何もしないような、生きているのか死んでいるのか分からないような男だった。しかし今世はそれではいけない。

能動的に動き、自己研鑽《じこけんさん》を怠らず生きていこう。

自分の持てる力と知識の全てを使って、皆を悲劇から救い出し、己の死の運命を乗り越えてみせようと。

今現在彼が、ライエンバッハに剣術指南を受けているのもそのためだ。

未だ年若い時分ではできることは少ない。

だがトッドには、あまり時間は残されていなかった。

(あいつを……トティラを倒せるようになるためには、急いで機動鎧を作らなくちゃいけない。そのためには機動鎧の生みの親である飯島ハルトのスカウトが必須……何もできない自分が、もどかしくて仕方ないよ)

既にトッドには、亡国へのいくつかの道筋が見えてしまっている。

そのバッドエンドを回避するため、トッドは今のうちから国の内外を問わずあらゆるところに広く目を向けていた。

そしてそれだけではなく、彼は自分の体と頭をひたすらに鍛えている。

機動鎧の性能は本人の身体能力に依存する。トッドが手ずから皆を助けるためには、あらゆるこ

とに関して手を抜くことはできなかった。

既に勉学に関してでも十になってから入学することになる学院程度のレベルでは飽き足らず、学者を自宅へと呼んで知恵の刃《やいば》を研いでいる。

暇さえあれば自分を痛めつけ、頑丈さと我慢強さならば同じ年の誰にも負けないと自負できるほどにガッツも身につけることができた。

――しかしトッドは未だ八歳。

志はどれだけ高かろうとも、体はまだ心に追いついてはくれない。

もう何度倒されたかも覚えていないほどにやられ続けたトッドが、再度ライエンバッハに弾《はじ》き飛ばされた。

勉強会で頭脳を酷使した後に体を限界まで扱《しご》き上げるのには流石《さすが》に無理があったのか、精魂が尽き果てかけたトッドは、意識が朦朧《もうろう》とし始めた。

「………ガクッ」

「で、殿下っ!? ――だ、誰かっ、今すぐスラインを呼んでこい!」

倒れるトッドを見たライエンバッハが、大慌てで筆頭宮廷魔導師のスラインを呼びに向かわせた。

トッドは自分も含めた皆をハッピーエンドへと導くため、歩き始めていた。

傍《はた》から見た自分の行動が、どのような評価を受けるのかなど考えもしないで……。

第一章　かませ犬にならないために、頑張ります！

筆頭宮廷魔導師であるスラインに回復してもらった時には、トッドは意識を回復させていた。

ちなみに回復とは水魔法を究めた者だけが手に入れることのできる、特殊な魔法である。

「まったく、トッド殿下は類稀《たぐいまれ》なる魔法の才能がおありなのに、どうして剣術など……それにどうして土魔法ばかりをそう極めようとなさるのです、使うのならばまず最初は火魔法、その次は水魔法と相場が決まっているというのに……」

くどくどとスラインが長ったらしい説教をするのには、もちろん理由がある。

彼は筆頭宮廷魔導士として、魔導の資質に優れるトッドのことを一人前の魔導士として育て上げるべく家庭教師としての役目もこなしている。

そんな彼からすれば、既に齢八つにして火・水・風・土の四元素魔法を使いこなすことのできるトッドが、剣術などというものにうつつを抜かしているという事実が嫌で嫌でたまらないのだ。

現在の戦場においては、魔法を使うことのできる魔導士たちを集めることによって編成される魔法兵が帰趨《きすう》を決する場合が多い。

中でも花形とされているのは、やはり火魔法を使う魔導士だ。

戦場を駆け数多《あまた》の敵を屠《ほふ》り、先頭に立ち皆を導いてゆく魔導士。

王族であるトッドがそのような傑物《けつぶつ》に成長すれば、リィンスガヤ王国は将来安泰。

きっと筆頭宮廷魔導士であるスラインは、そんな風に考えているのだろう。

前世の知識のあるトッドからすれば、ちゃんちゃらおかしい考え方だった。

機動鎧を作るために必要なのは土と風の魔導士であり、今後重要な役目を持つのはその二属性を持つ者たちに変わっていくのだから。

だがそんな風に思っていることを馬鹿《ばか》正直に言っても意味はない。

なのでトッドはその長ったらしい、前世で学校の校長がしていたものの数倍もの長さを誇るお説教を右から左へ軽く流し続けた。

ようやく解放されたのは、数十分も後になってから。

疲れから顔がくたびれ、どこか服もヨレヨレとしているように見える状態で、トッドは王宮の中を歩いていく。お目当ての部屋はすぐに見つかり、コンコンと二度ノックをして、少しだけ間を空けてから中へと入る。

「あにうえ！」

「良い子にしてたか、エドワード」

「うん！　だからいっしょにあそぼ！」

「分かった分かった、そんなに引っ張らなくても遊ぶってば！」

キラキラと宝石のように輝く瞳をした、全身に元気を詰め込んだかのような活発な少年。

彼の名はエドワード＝アル＝リィンスガヤ。

本来なら『アウグストゥス　～至尊の玉座～』のプレイヤーが操ることになるキャラクターであ

り、ほぼ全てのルートでトッドを廃嫡《はいちゃく》し王として君臨する物語の主人公だ。

しかし一緒に遊んだり食事を摂《と》ったりしていても、王位継承ルートに入る時のような冷酷さは微《み》塵《じん》も感じられない。

「もしかしたらこの純真無垢《じゅんしんむく》な態度も、自分を欺いて王位を奪うための演技なんじゃないだろうか？」

最初はそんな風に疑心暗鬼になっていたトッドだったが、かなり早い段階でその疑念は払拭《ふっしょく》されている。

弟にデレ気味なトッドは、エドワードに言われるがまま、スラドと呼ばれるこの世界における盤《ばん》上遊戯《じょうゆうぎ》を行うためにどかっと机の上に盤を置いた。

これは魔法兵や騎兵の駒を用いて敵の王を倒す、この世界におけるチェスのようなものだ。

「うーん……歩兵はごづめにして、魔法兵をまえにして――」

「それならこっちは遠慮無く重装騎兵を配置、損害覚悟で突貫だ」

「わあっ、まった！　ちょっとまって！」

うんうんと頭を捻《ひね》りながら、一つ前の手まで戻って熟考を開始するエドワード。本当なら待ったはなしだが、可愛《かわい》い弟のお願いであれば一度聞くことくらいならばやぶさかではない。

頭にあるつむじが見えてしまうほど小さな彼の頑張りに、思わず笑みが零《こぼ》れてしまう。

本人に可愛いと言うと怒られてしまうので、心の中に思うに留《とど》めておく。

エドワードが次の手を考えている間、トッドは今から六年ほど前、二つ下であるエドワードが生まれた時のことを思い出していた。

自分とエドワードの母であるセレスが産気づいた時に感じたのは、ついにこの時が来てしまったかという焦りだった。

トッドがまず第一に考えなくてはいけないのは、自身の生存だ。ゲーム通りに世界が動いてしまえば、どのルートを進もうとトッドという存在が最後まで生き残ることは不可能なのは確実。

自身が気を付けさえすれば大丈夫だとは思うのだが……エドワードがどういう性格をした人間なのかがトッドには分からないことが不安の種だった。

プレイヤーの分身であるエドワードの性格は、行動や通ることになるルート、迎えるエンディングによってかなり幅広く変化する。

もし生まれてきたエドワードが長女惨殺ルートのように権力欲が強く、兄を邪魔者扱いするような人間となってしまえば、王位継承権を放棄したとしても殺される可能性が高いだろう。

他にもいくつかのルートによっては、トッドがどんな人柄であろうとも関係なく殺し合うような関係になってしまうパターンも存在している。

それならいっそのことエドワードのことをこの手で……などという考えも、ないではなかった。

トッドはどうするのがいいのか分からぬまま、生まれたばかりのエドワードと対面することになった。生まれたばかりの彼を慎重に観察したが、自分の時のような転生したことに気付いたことによる挙動不審さはない。

トッドはエドワードが自分のような転生者でなさそうなことにホッとして、そんな自分のことが少しだけ嫌になった。

（僕は……小さい人間だな）

自己嫌悪に陥りながら、眉間《みけん》に皺《しわ》を寄せてエドワードを見つめていた、その時だった。

トッドが無意識のうちに出した右手の人差し指を、エドワードがぎゅっと手のひらで掴んだのだ。

――その瞬間、トッドの全身に電流が走った。

目の前にいるこれほど可愛い生き物が、自分の弟であることを誇りに思った。

幼い手のひらは脈打っていて、エドワードが一人の生きている人間であることを感じさせた。

触れてしまえば壊れてしまいそうなその小さな手に優しく触れながら……トッドは不覚にも、おんおんと声をあげて泣いてしまった。それに釣られてエドワードも泣き出してしまい、産婆《さんば》に笑われたのも今となってはいい思い出だ。

たとえ自分がどうなろうと、エドワードを殺すようなことがあってはいけない。

もし憎まれるようなことになったとしたら、その時は潔くこの身を差し出そう。

それはトッドという少年がこの世界に落ちて初めて立てた誓いとなった。

彼はその後も、全ての弟妹たちの出産に立ち会った。

そして新たな命に触れる度、彼を、彼女を大切にしようと誓いを新たにしてきたのだ。

騎兵が歩兵を蹂躙《じゅうりん》し、間隙《かんげき》を縫うように放たれた魔法兵が王を射程圏内に入れたことで王手がかかる。

勝負は今日もトッドの勝利に終わった。

昔のことを思いながら気もそぞろに打ってはいたが、何しろ生きてきた年月が違う。

前世も含めれば三十年以上年を重ねているし負ける道理はない……と言いたいところだったが、実際のところはかなり際どい戦いだった。トッドの盤面からは既に騎兵が消えており、王と女王、そして魔法兵が飛び飛びに残っているだけ。

勝ちはしたものの、辛勝という表現が相応《ふさわ》しいギリギリの試合だった。

(でもやっぱりエドワードはすごい、僕の打ち方を学んではどんどん上手くなっていく。こりゃあと数年もしたら勝てなくなってしまうかもしれない)

「ああもう、またまけたっ!」

「惜しかったね、もうちょっとだったと思うよ」

「もういっかいやろ!」

「いいよ、じゃあ駒を並べ直し――」

「ちょっとまって、おにいさま!」

二人の会話に割って入るタイミングを待っていたのか、部屋の扉が勢いよく開かれる。

廊下からドスドスと勢いよく走ってきたのは、赤茶けた髪をした少女だった。

母親のアイリスによく似た勝ち気そうな顔をした彼女は、長く真っ直《す》ぐな髪が乱れるのも気にせずにトッドへと抱きついてきた。

「ダメダメ、おにいさまはわたしとあそぶの!」

「こら、室内を走ったらダメだよエネシア」

「ごめんなさーい」

着替えを済ませた真っ白なスーツを両手で掴む彼女は、エネシア＝アル＝リィンスガヤ。

王位継承権第三位となる、リィンスガヤ家の長女である。

エドワード同様、今の彼女にもゲームに登場することになる冷血皇女の片鱗《へんりん》は見受けられない。

四つ下の四歳の少女は、トッドに一緒に遊んでとせがむだけの可愛らしい女の子でしかなかった。

エドワードも、エネシアも、それ以外の弟妹たちも、皆トッドにとって大切な家族だ。

彼らに幸福に生きてもらうために、トッドはできるだけのことはするつもりだった。

「おにいさま、じゃあぼくはタケルとあそんできます」

「えー、エドワードにいさまあいつとあそぶの？　くさくなっちゃうよ、おかあさまがいってたもの」

「――エドワード、いいよ。もう一局打とう」

「……ですが」

「いいんだ、やろう」

立ち上がろうとしていたトッドはほだされぬよう目線を外してから、ひっついていたエネシアを強引に引き離した。

そして何事もなかったかのように盤上の駒を並べ直し、エドワードだけを視界に入れる。

――まるで部屋の中にいるエネシアが、見えていないかのように。

彼女の母親であるアイリスは、非常に選民意識の強い人間だ。

アイリスは王国民、もっと言うのなら貴族以外の人間を軽蔑しているし、教養がない人間だと馬鹿にしている。そんな親に育てられたからだろう、エネシアは異民族の血を引くタケルのことを、どこか小馬鹿にしている節があるのだ。

これはゲームでは分からなかったことだが、エネシアの差別の思想はトッドというより、母のアイリスから植え付けられたものだったようだ。

母であるアイリスから散々悪口を聞かされていからだろう、何度矯正しても彼女のタケルへの態度は直らなかった。

トッドはそれなら今日という今日はと自分に鞭《むち》を打ち、努めてエネシアを無視することにしたのだ。

タケル――本名タケル＝フン＝リィンスガヤは、西にある大海峡を隔てた先にある海洋国家アキツシマとの親善のため送られてきた、アキツシマの王女と父との間に生まれた子供である。

アキツシマの人間は大陸に住む者たちと比べると肌の色が黄色く、背丈も小さい。

異国民を蛮族と言ってはばからないアイリスの教育のせいで、エネシアは差別意識を持った子へと育ちかけている。

このままではゲーム同様、異民族を人とも思わぬような政策を打ち出したり、奴隷《どれい》同然に扱うような子になってしまうかもしれない。

それを危惧《きぐ》したトッドは躾《しつけ》として、異民族のことをバカにしようとするエネシアに罰を与えるようにしていた。

叱ったり、あまりにも酷かった場合は軽く頬を叩《たた》いたり。

彼は心を鬼にして、エネシアを教育している最中《さいちゅう》なのである。

タケルは将来、全世界でもトップクラスの機動士へと成長する逸材だ。

そして彼の母親であるミヤヒの故郷のアキツシマは、機動鎧の前身となった強化兵装を生み出した飯島ハルトの生まれ故郷でもある。

アキツシマの人たちは決して知能の足りていない野蛮人などではないし、学ぶべきところも数多く存在している。

それに――そういった差別云々《うんぬん》の前に、トッドは兄弟皆に仲良くなってほしかった。

エネシアは母親であるアイシアの影響を受けたせいか少し傲慢《ごうまん》なところこそあるものの、王族としての誇りや国民に対する慈愛などをしっかりと持つことのできるしっかりとした心根を持つ子だ。

そしてタケルは若干内気で人見知りをするところがあるものの、時折見せる笑顔からはその優しさと芯《しん》の強さが見て取れるような、齢五つの割には随分としっかりとした子に育っている。

タケルもエネシアも、その在り方や性格は違えど、どちらもいい子なのだ。

肉親の二人の仲が悪いなんてことほど、悲しいことはないだろう。

「ほう、そうきたか。なら今回はゆっくりと後詰めの歩兵を前に出していこう」

「騎兵をまえにして、きどうりょくであにうえをたおします」

「……………」

エドワードは王の駒を動かしながら、ちらとトッドの方を見た。

トッドがそれに黙って頷《うなず》きを返すと、エドワードの方も分かったように小さく首を縦に振る。

エドワードは六歳にしては、信じられないほどの聡明さを持っている。

それはエネシアが来るや否や、王宮内で肩身の狭い思いをすることの多いタケルのところへ向かおうとしていたことからも分かる。

それに今だって時折アイコンタクトをしているし、教育目的でエネシアを無視していることまでしっかりと理解している様子だ。

トッドには、自分の弟の出来が良いことが何よりも誇らしかった。

これでリィンスガヤ王国の将来は安泰だろう、などと思ってしまうほどに。

「――これで詰みだね、また僕の勝ちだ」

「……まいりました」

ちらとエネシアの方を向くと、彼女は必死に歯を食いしばっていた。大好きなトッドに無視される悲しさで、目には涙が溜《た》まっている。

けれど王族たるもの、むやみやたらに人前で泣いてはいけないという高い気位を持っているため、何も考えずに泣くこともできず、必死になって泣くのを我慢しているようだった。

これだけ大きな反応が得られるとは思っていなかったトッドとしては、嬉《うれ》しい誤算だ。

どうやら彼女は身体的な痛みより、精神的な痛みの方が効《き》くらしい。

このまま無視していれば、恐らくあと数分もすれば泣き出すだろう。

それならば……と考え、トッドはもう一度ゲームをしようとするエドワードへ声をかける。

本当なら今すぐに、ごめんと土下座をして謝ってから、彼女が泣き止むようにしっかりと抱きしめてあげてしまいたい。

けれど彼女の将来を考えるからこそ、敢《あ》えてトッドは心を鬼にする。

ここでエネシアを甘やかしてしまうことは、決して優しさではない。

本当に彼女のことを思うのなら、してもいいこととしてはいけないことの区別をきっちりとつけさせる必要がある。

「勝者の特権だ、エドワード。タケルを急いでここに呼んできてくれないか？」

「……はい、わかりましたあにうえ」

エドワードは理由を聞くこともなく、急いで部屋を出ていった。トッドが走っているエネシアを叱っていたのを見ていたため、走らずに、早足のペースを維持したままで。

◇

エドワードはトッドの言伝《ことづて》を伝えるため、駆けない程度の速さで急ぎタケルの部屋へと向かっていく。

彼が疑問に感じたのは、トッドがタケルを呼び出すその理由である。

（どうしてあにうえは、このタイミングでタケルをよぶんだろう）

アキツシマ人やリィンフェルト人のような異民族にきつく当たるエネシアを矯正するために、無視をするところまでは分かっている。

しかしエドワードからすると、ここでタケルを呼ぶのは悪手にしか思えないのだ。エネシアが叱られている原因は、タケルのことをバカにしたからだ。そんな場所に陰口を叩かれていたタケル本人を呼び出しても、いい結果になるとは思えない。

エドワードが何度考えても、疑問に対する答えは出てはこなかった。

（しかしあにうえのこと、かならずおかんがえがあるはず……）

必死に頭を悩ませるエドワードは、既に六歳にしては異常とも言える思考能力を持ち始めている。

彼がそこまでの成長を遂げた理由は簡単だ。

――自分より優れていて、どれだけ手を伸ばしても届かないトッドという兄がいたからである。

次男の性質上、エドワードは兄と比較されて育ってきた。

直接言われるようなことはないが、ライエンバッハやスラインはエドワードが努力して結果を出しても、明らかに物足りなさそうな顔をすることが多かった。

恐らくは同年代の頃のトッドの方が、自分よりもいい結果を出していたのだろう。

聡明なエドワードがそう気付くのは、当然のことだった。

そのため、最初は兄に冷たい態度ばかり取っていた。だがそれでも不思議なことに、トッドの態度は何一つ変わらなかった。

自分を嫌っている筈の弟にも優しさを持って接し、分からないところは教えてくれ、その背中を見せて、言葉にせずとも心の内を語ってくれた。

変に尖《とが》っているのが恥ずかしくなったエドワードは、兄の通ってきた道を後を追うように進んでいき、努力をすることにした。

トッドは大人たちから神童、王国きっての麒麟児《きりんじ》などと呼ばれている。

それには及ばずとも、兄を見て倣《なら》えば自分もまた同じだけの知見を得ることができる筈だ。

トッドの見ている景色を、自分も見てみたい。

肩を並べるだけの存在になりたい。

そしていつか――何か一つの分野で構わない、兄のことを追い越してみたい。

エドワードはそう考え、最近では知的遊戯にのめり込むようになっていた。

兄について考えを巡らせていると、気付けばタケルの部屋へと辿り着いていた。

自分の考えの及ばぬ何かをしでかすであろう兄のことを思い浮かべると、ふと笑みが零れてくる。

エドワードにとってトッドとは自慢の兄であり、いつか超えたい目標なのだった。

――既に二人の関係は、『アウグストゥス　～至尊の玉座～』から離れ始めている。

だがそれを指摘できる者は、トッドを含めこの世界には誰一人としていなかった……。

◇

「あにうえ、よんできました」

「こんにちは、あにうえ。それに……エネシアさんも」

おずおずと、エドワードの背に隠れるような態度をしている黒髪の少年、タケルが入ってくる。

自分とその母親であるミヤヒに対してきつく当たるエネシアに対しての接し方は、ひどくよそよそしかった。

以前一度『あねうえ』と呼んだ時に怒られたせいで、呼び方も他人行儀だ。

タケルとその母であるミヤヒが心労を溜め込み過ぎないよう、トッドは定期的にミヤヒたちと茶会を開き、彼らと話をするようにしていた。

一応そこにはタケルがトッドと仲が良いことをアピールする意図や、ミヤヒからアキツシマの生の情報を聞き出すという副次的な目的もあったりする。

だが一番の目的は実の弟を可愛がることなのは言うまでもない。

努力の結果が実り、自分のことを『あにうえ』と呼んでくれることが嬉しくて、トッドはつい頬が緩んでしまった。

だが今はエネシアを怒っている最中だと思い出し、すぐに真面目な顔を作り直す。

幸いなことに、エネシアにはトッドの表情の変化は気付かれなかったようだ。

「……ぐすっ」

エネシアは既に鼻水が垂れ始め、涙が溜まり続けている目は充血して赤くなっている。

ただそれでも意地があるのか、未だに涙を流してはいなかった。

エドワードは興味深げに様子を観察していて、その後ろにいるタケルは突然こんな現場にやってきたことに理解が追いつかずオロオロとしている。

「二人ともよく来たね。実はアキツシマの茶菓子が届いたから、一緒にどうかなと思って。たまには兄弟三人水入らずというのも悪くないだろ？」

トッドの言葉がトドメになったのか、とうとう限界を迎えたエネシアが地面にくずおれる。

頬に当てていた小さな手のひらを、勢いよく流れる涙が濡《ぬ》らしていった。

「う、うぇ……うぇぇぇぇぇん!!」

「……」

今度はトッドが黙る番だった。

許してやり、今すぐに抱きしめてあげるのは簡単だ。

しかしそこで甘やかしては良い子には育たないと、グッと我慢して無視を継続する。

物言わぬトッドと、女の子座りをして涙を流すエネシアの間に一つの人影が現れる。そこに立っていたのは――先ほどまでおどおどしていたとは思えぬほど精悍《せいかん》な顔つきをした、タケルだ。

「あにうえ」

「うん、どうしたのかな？」

何も分かっていない風を装ってそう問いかける。

トッドは内心でガッツポーズを取りながら、悟られぬよう気を引き締める。

「だめです、おんなのこをなかせては」

「それは違うよ、タケル。エネシアはそれだけのことをしたんだ……無視されて当然のことをね。君の悪口を言っていたんだよ？　許せることじゃない」

「……おんなのことけんかをしたときは、おとこのこがあやまらなくちゃいけないんです。ぼくははうえから、そうおしえてもらいました」

ミヤヒという女性は、リィンスガヤのものとは違うアキツシマ固有の価値観を持ち、それを捨てることなく保ち続けている。

そして彼女の持つ気高さ、気品はしっかりとタケルへと受け継がれている。

タケルは自分がひどい目に遭わされようと、それだけで誰かを嫌いになるような柔な子ではない。

彼は身内にどこまでも優しく、そして自分よりも他人のことを大切にしようとする甘ちゃんなのだ。

今回は目論見《もくろみ》通り、それが良い方向へと働いてくれた。

トッドが安堵《あんど》するのと同時、タケルの後ろで呆《ほう》けたような顔をしているエネシアがさっきよりも激しく泣き出した。

「ご、ごべんなさい!!　わたし、わたしひどいごと……」

彼女は泣き出して、タケルの背に縋《すが》って謝り始めた。

自分が守っていた筈のエネシアが泣き出したことに驚いたタケルは、どうやら彼女を泣かせたのが自分だと分かり慌て始める。

そしてエネシアに釣られて、すぐにタケルも泣き出してしまった。

二人は泣きながら、互いに謝り合っている。

もう最初に泣き始めた理由など、どうでもいいと言わんばかりである。

「いっけんらくちゃくですね、あにうえ」

「……そうだね、これで少しは二人の仲が良くなってくれるといいんだけど」

気付けば自分の後ろに立っていたエドワードが、したり顔でうんうんと頷いていた。

いきなり背後から声をかけられて驚いていたが、動揺は必死に隠してなんとか返事を返す。

「あにうえはこうなることが分かってたんですね」

「それは買いかぶりだよ。私はこうなればいいなって思って、行動をしただけ」

「ふふ、じゃあそういうことにしておきます」

涙ながらの謝り合戦が終わってから、エネシアがタケルのことを馬鹿にすることはなくなった。

エネシアは自分のことを守ってくれたタケルのことを信じるようになり、次女であるアナスタシアとやっていたおままごとに、タケルを混ぜるようになったのだ。

タケルが演じるのは、エネシア演じる姫を守護する騎士の役。

女の子の遊びをやるのが恥ずかしいのか、一緒に遊んでいる時の彼はいつも照れたようなはにかみを見せる。

ちょっぴり赤くなったタケルの顔にはいつも、ひまわりのような笑顔が浮かんでいた――。

◇

リィンスガヤの王宮は、さほど大きいわけではない。

その数は合計で三つあった。

王はその無形の権威を、国内外へ見せつけなければならない。

そのため公務の際や接待の際に使う二つの宮殿は、威厳を見せるためにある程度しっかりとした、荘厳《そうごん》な造りになっているのだ。

けれど国王であるリィンガルディア四世とその家族が住んでいるバーゲルス宮殿は、これが本当に王の住まう場所なのかと思ってしまうほどに質素な造りになっていた。

数百年も昔からあるものを、こまめに補修しているために、ある程度近代的な建築様式で建てられている二つの王宮と比べるとどうしても貧相に見えてしまうのだ。

現国王は吝嗇家《りんしょくか》として有名であり、分かりやすく言えばケチだった。

そのため彼は本格的に改修をすることもなく、バーゲルス宮殿をそのまま使い続けている。

では何故一見すれば貧相に見える宮殿を、細かく補修をしながらもだましだまし使っているかというと、これはリィンスガヤ王国の成り立ちにその理由がある。

リィンスガヤの隣には、大体同程度の国力を持つリィンフェルト王国という国がある。

この二つの国は、元々は一つの国だった。

かつてあった大国はその名をリィン王国という。

平たく言えば、バーゲルス宮殿はリィン王国の遺産なのだ。

そのためリィン王国の正統な継承者であることを自負するリィンスガヤ王国の歴代の国王は、この宮殿を利用し続けているのである。

だが昔ながらの良く言えば趣ある、悪く言えばボロい造りのせいで、密閉性や遮音性は高くなく、暖めた空気もすぐに外へ逃げてしまう。

そのため王宮の中は、基本的に魔法で暖めてもすぐに寒くなってしまうのだ。

「け、けほっ、けほっ……」

「大丈夫かい、アナスタシア？」

「は、はい、おにいさま……」

そんなボロっちい王宮の一室に二人の子供たちの姿があった。

さすさすと背中を優しく撫《な》でている少年と、彼に背を撫でられながら控えめに咳《せ》き込んでいる少女だ。

少年——トッドは、自分の目の前にいる少女を見て悲壮な表情を浮かべる。

(アナスタシアの体調が、思っていたよりずっと悪い……病弱設定というのも、ゲームの中で文字として見るのと、こうして一緒に暮らしているのとじゃ大違いだ)

トッドを兄と呼ぶ彼女の名は、アナスタシア＝フォン＝リィンスガヤ。

リィンスガヤ第二王女であり、年齢はエネシアより一つ下の三歳だ。

彼女は所謂、薄幸《はっこう》の美少女だった。

アナスタシアは非常にピーキーな扱いのキャラクターであり、常に能力にマイナス補正がかかるバッドステータスを持っている。

ただしその分頭脳明晰《ずのうめいせき》で、国家運営や機構改革などに強く、主に内政フェイズにおいて大活躍することになるユニットだった。

王になった後にアナスタシアを補佐に置いておくことで、ある程度国のことをおざなりにしてストーリーを進めたりイベントを起こしたりしても問題がなくなるのだ。

色々と準備を行い各方面に備えながら正常な国家運営をするに当たって、彼女がいるのといないのとでは反乱の起こる確率が三割ほど違う。それほどの逸材ということだ。

けれどアナスタシアは病弱であり、現在筆頭宮廷魔導士のスラインでも治すことのできない『エルシオンの抱擁《ほうよう》』という難病を抱えている。

基本的に『アウグストゥス　～至尊の玉座～』では、問題ごとを解決するための方法が複数用意されているパターンが多い。

攻略サイトを見なくてもプレイができるようにというある種の配慮なのだろうが……その方法も突発的なランダムイベントであったり、やっつけ仕事としか思えないような組み合わせから奇跡的に問題解決に進んだりするようなケースが多いのが、迷作ゲームたる所以であろう。

閑話休題。

アナスタシアの抱える難病を治す方法は、例に漏れず三つ存在している。

三つ全てが、現状のトッドではどうあがいても手の届かないものばかりだった。

それもうち二つがランダムイベントであるため、実質的に取れる手段は一つに限られていた。

その方法とは――リィンスガヤの隣にある大樹海で暮らしているエルフと懇意になり、アイテム『エルフの妙薬』を譲り受けること。

そのためにはエルフと交流を持たなければならないのだが、これも簡単なことではない。

エルフやドワーフなどの亜人は、長い間人間との交流を絶っている。

かつて人と争い森の奥深くに逃げ込んだ彼らと再度関わりを持つためには、劇的な何かが必要となる。

全員が練達した魔法使いであるエルフたちと戦い圧倒的に勝利をするか、彼らが人間を認めるに足るような功績を手に入れなければならない。

そのどちらを達成するためにも、やはり武力は必要不可欠なのだった。

「アナスタシア、ミントを入れた果実水だよ。飲めば胸がスッとして楽になる」

「あ、ありがとう、おにいさま……」

トッドが渡した水を受け取ったアナスタシアは、小さい口からしっかりと給水をした。

コクコクと健気《けなげ》に水を飲む彼女の喉《のど》が、小さく震えて揺れる。

ありがとうと言うアナスタシアからコップを返してもらい、使用人たちに下げさせる。

横になっている方が楽とアナスタシアが口にしたので、トッドは彼女をベッドまで連れていくことにした。

いくら五歳の年の差があるとはいえ、お姫様抱っこの形ができるだけの力はまだ今の自分にはないだろう。

前世の記憶がある分無茶というものをしないトッドが取る体勢は、自然とおんぶの形になった。

「な、なんだか恥ずかしいです、おにいさま……」

「まあまあ、そう言わないで」

顔を真っ赤にしながらいやいやと首を振るアナスタシアを見て可愛い……と尊みを感じながら、トッドは王宮の中を歩いていく。

リィンスガヤの王族は、トッドがイメージする中世ファンタジーの王様と比べるとずっと質素な暮らしをしていた。

話に聞く限りでは、王国の上位貴族である公爵や侯爵たちの方がよほどいい生活をしているらしい。

そのためすれ違う使用人の数もそれほど多くない。

王宮自体もそれほど大きくないので、アナスタシアの部屋に来るまでにそれほど時間はかからなかった。

腕の方もまだまだ問題はなさそうだ。

この調子なら、多少頑張ってお姫様だっこに挑戦してみても良かったかもしれない。

そんなことを考えながら、恥ずかしさで顔を真っ赤にしているアナスタシアを天蓋《てんがい》付きのベッドに横にしてあげる。

「あ、ありがとう、トッドにいさま……」

天蓋はなんのためにあるんだろう、やっぱり埃除《ほこりよ》けなんだろうか。

そんな風に考えてぼうっとしていたトッドは、お礼を言われ、ベッドに付いているヒラヒラとした布切れからアナスタシアへと視線を戻す。

「うん、どういたしまして」

「……」

「……」

アナスタシアは元々それほど口数が多い方ではない。

そしてトッドは話すことは好きだが、残念ながら五つも下の女の子と話すのに適した話題がいったいどういうものなのかをまったくと言っていいほどに知らなかった。

魔法の練習や肉体の鍛錬ばかりをしているせいでまともに市井《しせい》の話も知らないし、流行《はや》りものにも疎い。

何を話そう……と考えているうちに、結構な時間が経《た》ってしまうのだ。

トッドとアナスタシアが二人きりになると、こうしてしばしば沈黙がやってくる。

けれど二人とも、それほど嫌そうな顔をしているわけでもなければ、間を埋めるために何かを話さなければと焦っているような様子をしているわけでもない。

実はトッドは、アナスタシアと過ごすこの静かな時間が、結構気に入っていた。

黙っていても苦にならないというか、なんというか。とにかくこうしていると、普段あまりにも速く流れていく気がして焦りばかりが募る世界の流れと隔離されて、ゆったりとした時間が過ごせるような気がするのだ。

そのため本来なら周囲からその利発さをほめそやされることも多いトッドも、ぼーっと意味もないことばかりを考えてしまうのである。

「アナスタシア……」

「はい、なんでしょうか？」

「平和だねぇ……」

「へいわですねぇ……」

「平和が一番だよねぇ……」

「ですです」

二人の間にゆっくりとした時間が流れていく。

「ちょっとアナスタシア、だいじょうぶ――おにいさま!?　――はっ、アナスタシア、あなたずるいわよ！　いくらびょーきだからって、おにいさまをひとりじめにするだなんて！」

縁側《えんがわ》に腰掛ける熟年夫婦のようにゆったりとした時間は、妹が体調を崩したと聞いて急ぎやってきたエネシアが乱入してくるまで続いたのだった……。

第二章　周りの評価は気にしません！

さらに一年が経過し、トッドは九歳になった。

彼と同様弟妹たちも順調に成長している。

ゲーム世界のどのルートと比べても、皆かなり幸福な暮らしを送ることができている筈だ。

タケルは兄姉たちにいじめられることはなくなったし、エネシアも以前よりもずっと丸くなった。

アナスタシアの方はなんとも言いがたいが……元気な時に見せる笑顔に翳《かげ》りがないことから考えると、彼女も楽しく日々を生きることができている筈だ。

エドワードはさらに知に磨きをかけ、知的遊戯の勝率は現在ギリギリ六割といった感じだ。

あと一年もすれば、勝てなくなってしまうかもしれない。

危機感を覚えながらも、トッドは内心では、エドワードが自分の手に負えなくなってしまうのを楽しみにしていたりする。

本来ゲーム内ならトッドはこの時期になると、食欲に負けてブクブクと太り始めている。

しかし今のトッドはライエンバッハの鬼のしごきを受け続けていて、一日の自由時間のうちの半分近くを模擬戦や筋力トレーニングに費やしている（ちなみにもう半分は魔法の座学と実技だ）。

頭と体を酷使する生活のため、その体型はスラリとしていて筋肉がつき始めている。

エドワードには敵《かな》わないかもしれないが、見てくれは美男子と言っても差し支えないだろう。

この一年間で、トッドは見違えるように成長した。

王家の血を引いているだけあって、彼には剣の才能も魔法の才能も並々ならぬものがあった。

めきめきと頭角を現すトッドに、筆頭宮廷魔導師のスラインは顔をほころばせたし、王国親衛隊騎士団長であるライエンバッハは鍛え甲斐《がい》がありますなと豪快に笑った。

彼が自由な時間を削りに削って自分の体を痛めつけているのは、今後機動鎧に乗り込むことを想定した上でのことだ。

機動鎧は魔物の素材や金属類に付与魔法をかけることで、人間を超えた耐久性と運動性能を得ることができる兵器である。

しかしそれを操るのは人であり、そのパワーやスピードは機動士の身体能力に比例する。

そのため、強力な機動士になるには、肉体の鍛錬は必須となる。

機動鎧の乗り手として、魔法で攻撃ができる魔法使いたちより、一定の身体能力を持つ騎士たちの方が重宝されるようになるのはこのためだ。

これより魔法兵という兵科は、徐々に廃れていく運命にある。

だが魔法が不要になるわけではない。

機動鎧、そしてその前身である強化兵装を作り出すには魔法が必要不可欠だ。

今後魔法使いたちは戦闘員ではなく裏方、製造側に立ってもらうことが増えていく。

トッドが魔法の訓練をしているのは、自らが率先して動き、機動鎧を生み出すため。

トッドには、それをしなければならない理由があった。

――山の民たちを、リィンスガヤ王国にとっての脅威になる前に駆逐しなくてはいけない。

『アウグストゥス　～至尊の玉座～』をやり込んだトッドからすると、一刻も早く機動鎧を作り、それを操縦したいという思いが非常に強い。

けれど彼が今必死になって頑張っているのは、このままではリィンスガヤ王国に危険が迫る可能性が存在しているからだ。

両国の東側に位置しているエルネシア連峰に存在する山の民。彼らは部族や氏族ごとに暮らしており、地球で言うところのポニーのような馬を乗りこなす騎馬民族だ。

子供から老人まで全員が弓を使い、背面騎射や立射なども行える軽騎兵である。

魔法の才能を持つ者は少なく、祈禱師《きとうし》などの例外を除けばほとんどいない。

強化兵装が生まれ馬に近い速度が出るようになってからは衰退していく運命にある彼らだが、今は王国にとって十分な脅威となりうる。

現在は度々略奪を行われてはいるが、まとまりに欠けているため、問題なく対処することができている。

しかしそんな山の民には、一人のカリスマが存在している。

それこそが現状でトッドが最も危険視している相手である、族王トティラである。

彼が全ての氏族を平定し、山の民が一丸となった場合。

対応次第では……リィンスガヤ王国が、地図から消えることになるのである。

これは族滅エンドと呼ばれる、誰も救われないバッドエンドだ。

ゲームの目玉である機動鎧が開発されるよりも前に終わってしまう、所謂初見殺しエンドのうちの一つとなっている。

高い機動力を持つ軽騎兵に蹂躙され続け、リィンスガヤ王国は対応に四苦八苦。

トティラ率いる大軍勢が王都へ進軍し、会戦の後に国王が捕らえられる。

大量の金品と引き換えに身柄を交換し、国力がさらに減少。

機を見て攻め込んできたリィンフェルトによって、王都が陥落。

王族は皆斬首され、刑場の露《つゆ》と消えてしまう……。

そんなバッドエンドを回避するため、トッドは山の民の行動が活発化しトティラが山の民を完全に制圧するよりも早く、彼らを倒すことができる兵器である機動鎧を開発する心算だった。

……ただ現状は自由裁量もポケットマネーもまったくもって足りていないため、できるのは今後機動鎧に搭乗することを考えて自己鍛錬をすることくらいだった。

ちなみに剣の実力に関しては、今ならそこらの新米騎士には負けないだろうと、ライエンバッハからのお墨付きをもらっている。

魔法に関しては第二階梯《かいてい》と呼ばれる、熟練者だけが使えるようになる新たな段階へと足を踏み入れることに成功していた。

この世界での魔法について、少し説明をしておこう。

まず基本となるのは火・水・土・風の四元素。

これを元素魔法と呼び、一部の例外を除きこれらを魔法と称している。

各元素魔法は、一定の習熟度を超えると新たな効果を引き出せるようになる。

それを第二階梯と呼び、新たな力を使いこなせるようになった魔法使いは、宮仕えが許されるようになる。

第二階梯に至って得られる効果は、元素ごとに違う。

それぞれの効果を挙げていくと、

火　身体強化
水　回復
土　状態保存
風　付与

という風になっている。

魔法使いには、遠距離からの強力な一撃を放てる攻撃力がある。

だが、魔法を唱え続けるだけの集中力を保つことは難しい。一度騎士たちの標的にされた場合、鍛えている騎士たちに体力で及ばず捕らえられることは少なくないのだ。

そのためある程度の才能がある魔法使いはまず、攻撃力が最も高く、第二階梯まで上がれば敵から逃げるだけのスピードが手に入る火魔法を学ぶ。

そして戦場で名を上げられるようになってから水魔法を学び、前線ではなく後方でも活躍できるように回復を覚えるというのが一般的な魔道士の流れなのだ。

だがトッドがスラインに教えを請うたのは火ではなく、土魔法だった。

嫌みや小言を笑って受け流しながら、七つになる頃には第二階梯に到達。

そして九歳になった現在では、次に教えてもらった風魔法でも第二階梯を迎えることに成功している。

どうやら筆頭宮廷魔導師のスラインからすると、トッドが土魔法などという役割の少ない元素魔法を使うことが気に入らないらしく、彼は度々火魔法を勉強するよう進言してきた。

スラインには普通に魔法を学ぶのが嫌な、反抗期特有の跳ねっ返りだと思われているようだ。

評価が低くとも別に構わないと、トッドも敢えて訂正はしていなかった。

今後必要になってくるのが火ではなく風と土であること。

最終的には水魔法ですら優先順位が三番になることを教えても、理解してもらえるとは到底思えなかったからだ。

そして今後のことを考えれば、自分が魔法を使えるようになるだけでは足りない。

本当ならもうこの段階で、隣国リィンフェルトやアキツシマの土魔法使いたちを囲い込みしたいくらいだ。

だが現段階でそれをすることは難しい。

いくら王子とはいえ、渡される小遣いには限度がある。

自分の金ではなく国の予算を使い大規模に動くためには、機動鎧と強化兵装の有効性を父へ示す必要があるのだ。

　未だ外出許可も出ない彼にできるのは、ポケットマネーで素材や触媒を購入し、強化兵装を自作しようとあがくことだけであった。これら全てはトッドからすれば将来のこと、これからのリィンスガヤのことを考えてのことである。

　しかしながらここ最近トッドの評価は、明らかに下がり始めていた。

　エドワードが社交界で華々しいデビューを飾り、トッドを凌駕《りょうが》する知性を発揮させるようになったことで、比較されるようになったのが直接の原因だ。

『華やかで気品のあるエドワード殿下と比べて、トッド殿下はどうだ。確かに頭はいいのかもしれないが、やっていることと言えば傷だらけになるまで模擬戦をしたり、小遣いで気味の悪いものばかりを買いあさったりとおかしなことばかりではないか』

『下賤《げせん》の錬金術士のような物作り？　体に痕が残るような厳しい鍛錬？　そんなものは王族のすることではありますまい』

　貴族たちからの評価は、おおむねこのような感じである。

　最近ではトッドを神輿《みこし》から下ろし、エドワードへ鞍替《くらが》えしようとしている者も多いと聞く。

　エネシアがタケルと遊ぶようになったのが気にくわないアイリスが率先して動いていると聞いた時は、流石に苦笑が漏れた。

　トッドに王位を継いでもらいたい父からは、王族ともあろう者が体に傷をつけるなどと何度も怒られた。

母からはそんなことをして何になるのです、その暇があれば火魔法の修行をなさいと呆《あき》れられた。

だがトッドに、自分の行動を曲げる気は毛頭ない。自分よりもエドワードの方が王になるには向いているし、自分が身軽でなければできないことがこの世界には山ほどあるのだ。

本当なら周囲に気を配りたいところではあるのだが、そんなことをしている余裕は既にない。

トッドに残された時間は、驚くほどに少ないのだから。

——トッドが十三歳になる時、つまり今から四年が経った時にアキツシマでとある事件が起こる。

アキツシマで長い眠りについていたヤマタノオロチの封印が解かれ、いくつもの街が壊滅することになるのだ。

そしてそれを、飯島ハルト率いる強化歩兵隊が撃滅するのである。

騎士団の戦力では太刀打ちできなかった魔物を倒した飯島ハルトはその開発能力を認められ、冷や飯食らいから研究所の所長へと栄転。今までは奇想《きそう》兵器でしかなかった強化兵装の有効性が確認され、アキツシマはその量産に踏み切るようになり、その戦力を大きく増やす。

そしてその過程で……アキツシマで、機動鎧が完成してしまうのだ。

その後のリィンスガヤ王国、つまりは父である国王陛下の対応次第ではアキツシマと戦争になる。

仮に戦争になった場合は悲惨だ。

王国兵たちはアキツシマの強化歩兵と機動鎧による混成部隊を相手に惨敗を喫し、機に乗じて攻めてくる隣国リィンフェルトとの二正面作戦を強いられる。その中でリィンフェルトとの会戦でトッドを守るため、会戦自体には勝利するがライエンバッハが死んでしまう。

トッドは命からがら逃げ出し、王国は不平等な条約を結ばされ、敗戦国の末路を辿る。

リィンスガヤ王国は疲弊し、放った密偵がアキツシマの研究員を攫《さら》って開発させた機動鎧で対抗できるようになるまでに、多くの国土と人民、そして金銭を失ってしまう……。

トッドは生き延びるため……そしてリィンスガヤ王国にいる皆に魔の手が伸びぬよう、なんとしてでもこのVSアキツシマルートを進まぬよう、動かなければならないのだ。

トッドはまずアキツシマへ渡り、飯島ハルトをできればその部下ごと引き抜かなければならない。

そして早急に、本来の正史よりも早い段階で機動鎧を開発し東の山岳地帯にいる山の民を征伐し、トティラが族王となるのをなんとしてでも防がなければならない。

飯島ハルトがいなければ、アキツシマが武力を増やすことはなく、領土拡大の野心にとらわれる可能性も減り、VSアキツシマルートに入る可能性は大きく減じられる筈だ。

そしてハルトたちを引き抜いたこちら側が強化兵装、もしくは一足飛びに機動鎧を開発してしまえばいい。

一応ハルトの人となりは知っているつもりなので、彼が何に食いつくかは理解している。

トッドの予想が当たっていれば、ハルトがこちら側につく可能性は高いだろう。

彼を味方にすることができたなら、アキツシマで起こった技術改革は起こらなくなり、上がる筈だった武力は現状のままになる。

逆に開発に成功したリィンスガヤの武力は増し、両国の差は今よりもさらに開く筈だ。

そうすれば戦争を回避することも難しくなくなる。

次は二つ目の山の民への対策について。

山の民は先に言った通り、氏族ごとに小規模な集団を作って行動している。

そのため彼らが纏まり、一つの軍として機能するまでに叩いてしまえば、脅威の芽を摘み取ることはグッと楽になる筈だ。

トッドの山の民の征服には、実はもう一つの目的がある。トッドはこの機会を利用して、父に強化兵装の力を認めさせるつもりなのだ。

強化兵装を用い山の民の平定することで、強化兵装の実戦証明《コンバットプルーフ》に成功してしまえば、流石の父といえど重い腰を上げて国家を挙げての生産を認めてくれる筈だ。

どのルートを進んだとしても、山の民は王国の目の上のたんこぶになる。

トティラを倒すためには、一刻も早く強化兵装の開発を進めたいというのが、正直なところだ。

けれど今のトッドには、未だ強化兵装を開発するハルトのいるアキツシマへの渡航許可が出ていない。

ゲームにおいて、エドワードに外出許可が出るのは十三歳の頃だった。

プレイヤーはそこから後手に回りながら、諸々《もろもろ》の手を用意して防御を固め、山の民の侵攻に備えつつ罠を張るのが最適解とされていた。

しかしこの世界に転生してきたトッドはエドワードより二つ年上であり、見捨てられかけているお陰で行動の自由度ははるかに高くなっている。

今の彼ならトティラが王になる前に、山の民の征服をすることができるかもしれない。

もしかすればアキツシマで強化兵装が活躍する前に暗躍し、開発国をリィンスガヤ王国とすることすら可能かもしれない。

けれど状況はなかなか変化はしなかった。

土魔法の状態保存と風魔法の付与を鍛えながらライエンバッハと戦い続ける日々はもどかしく、焦りだけが日々募っていく。

一人で強化兵装を自作するのは不可能であることは、とうに分かっているため、そちらは早々に見切りをつけている。

したいことができないため時間が余ってしまったので、トッドはその時間を有効活用することにした。

弟妹やその母親たちと親交を深めることに時間をかけていったのだ。

元々家族愛の強いトッドにとって、この時間は何にも代えがたい大切なものだった。

皆と過ごしているうちにもやもやも晴れていったし、頑張らなければと自分の身を引き締めることもできていた。

お陰でエドワードとの関係は相変わらず良好だし、タケルやミヤヒに思い詰めた様子もない。

ミヤヒとは共通の話題が少ないため、自然彼女の故郷であるアキツシマの話が多くなった。

それらをゲーム知識と照らし合わせ、齟齬《そご》がないかを確かめ。元気を持て余しているタケルに稽古をつけてやることも、日常の一つの風景になっていった。

だがそんな風に慌ただしくも、家族との時間を大切にする日々は、ある日突然終わりを告げる。

――彼が十歳になるのと同時、待ちに待った外出許可が出たのである。

トッドは父とミヤヒに頼み込み、彼女の実家の伝手《つて》を使ってアキツシマへと渡る。

(あとは……時間との勝負だ)

目指す先は――アキツシマが本州に位置する、ボウソウ半島だ。

ハルトが左遷されることになる、対妖怪特殊武装研究室。

アキツシマ特有の魔物である妖怪対策のために設立された出張研究室へ、トッドは急ぐ――。

◇

アキツシマはあらゆる国家から海を隔てて存在している、海洋国家である。

しかし水軍よりも陸軍の方が圧倒的に数が多く、その指揮系統は各武家によってバラバラのまま。

王である皇家の威光のお陰で大きな争いはなく、武家たちは緩やかな連合を保っている。

外征をするだけの戦力的な余裕はなく、内側で団結できるだけの危機も迫ってはいない。

国家全てが一丸となって戦えるだけの何かがない現状は、正しく小康状態と言えた。

「いやぁ、平和だねぇ……」

一人の男性が水平線の彼方《かなた》に見える太陽に向かってふわあぁと大きなあくびをする。

着ているのは純白の研究衣で、両手はポケットの中に入れている。

猫背なために分かりにくいが、恐らく身長はかなり高い。

背骨を曲げていても、隣にいる女性と同じだけの背丈があるのだから。

「何事もないのが一番ですよ、ハルトさん」

「そうだねぇ。最近は妖怪が騒ぎを起こすことも滅多になくなっちゃったし、実戦の機会なんてほとんどない。折角レンゲちゃんもスーツもあるのに、これじゃあ宝の持ち腐れだよ」

「――私はハルトさんの所有物じゃありません！　あなたが作った発明品と同列に並べないでください！」

レンゲと呼ばれていた女性は、アキツシマ人に多い黒の髪を、腰の辺りまで伸ばしていた。くびれた腰に両手の甲を当てながら怒っている様子は、元々の器量の良さも相待《あいま》って魅力的に見える。

けれどそんな彼女に対して、ハルトは興味なさそうに一瞥《いちべつ》するだけだった。

彼はまた視線を海へと戻し、はぁ……と大きなため息を吐《つ》く。

「幸せが逃げますよ」

「それは迷信だよレンゲちゃん。人間の呼吸に幸不幸を委《ゆだ》ねるとか常識的に考えてありえないし」

レンゲの年かさは恐らくは二十歳前後だろうか。

その顔は未だ挫折《ざせつ》を知らぬ若者特有の自信に満ちていた。

レンゲが着ているのは、体の線が明らかになるようなぴっちりとしたボディースーツだった。

灰色で光沢があり、女性的な凹凸《おうとつ》のある肢体《したい》がはっきりと分かるようになっている。

特筆すべきはその胸部にある大きな緑色の石と、そこから支脈のように飛び出しているいくつもの管だ。その石の正体は魔石。魔物が生まれてくる時に心臓に宿し、体の成長と共に大きくなってゆく胆石のようなものである。

魔物の体内で長年かけて大きくなったその魔石には、濃密な魔力が宿る。

そのため魔道具作成や魔力の抽出の際には、非常に有用なものとなるのだ。

魔石の価値は大きさと純度により決まる。

透明度が高く、拳大の大きさがあるこの魔石がどれほどの値段になるのか。

目玉が飛び出るような値段であるのは間違いない。

飯島ハルトがここ一年ほどかけて生み出した装着型ボディーアーマーは、その正式名称を特弐型《とくにがた》強化兵装という。

魔石から回路をつなげて魔力のラインを作り、そこに魔石へ付与された強化魔法を流し込むことで歩兵の運動能力を飛躍的に上昇させる装備である。

ハルトからすると従来の戦争のあり方を根本から変えてしまう革新的な兵装の開発研究なのだが、直属の上司は意味のない無駄とにべもなく研究費を打ち切ってしまった。

それならと自費で首が回らなくなるギリギリまで開発を続け、ようやく自分でも納得のいく性能が出せるようになった。

だがやはり上層部の頭は固く、そんな怪しいものに命を委ねるわけにはいかないと、結局実戦での使用許可は下りなかった。

上司のさらに上に当たる人間に直談判をしたりもしたのだが、結果は芳《かんば》しくはなかった。

ハルトが働く魔道研究室の上の人間は慣習やしきたりを重視し、新しいものには得てして批判的な態度を取る者が多い。

あまりにも採算を度外視し過ぎている、ボディラインが浮き出るなどはしたないにもほどがあるなどというのが表向きの言い分だ。

だが実際のところは彼らが、下手に予算を使ったせいで上に叱られるのが嫌なだけであることは、ハルトにはお見通しだった。

魔法や魔道具の発展のためにはどのようなものも犠牲にすべきというのがハルトの持論である。

上司も部下も、どいつもこいつもハルトからすれば頑固で古臭い人間しかいない。

ハルトの強化兵装は、今後世界の軍事力のパワーバランスに大きな変化を与えるほどに強力な武器であると、彼は確信していた。

そんなものを誰に教えられるでもなく独自で開発に成功したハルトは、間違いなく天才と言っていい。天才という人種は、本能や直感に従って、最適解を選び取ることができる。だがそのビジョンを誰かと共有できることは、滅多にない。

何故ならその思想を理解するには、相手に自分と同じ視点に立てるだけの才覚が必要だからだ。

彼は他の天才たちと同様に、自分以外の人間の理解を得ることが不得手だった。

上司の恨みを買ったハルトは、国防や貿易に多大な影響を及ぼす魔道具研究所から、今では役目のほとんどなくなった対妖怪特殊武装研究室、通称タイヨウへと島流しにされてしまい。

今ではボウソウ半島などという、妖怪どころか人すらほとんどいない田舎で、いつ来るかも分からない妖怪の対策を講じるという名目で仕事をしている。

……適当に事務処理をしてから報告をでっちあげるこれを、仕事と言っていいかは微妙ではあるが。

「どこかで妖怪騒ぎの一つでも起きてくれないかなぁ。あとは実戦証明さえあれば、あのハゲも認めてくれる筈なんだけど」

「……ヤマタノオロチの封印を解くとか絶対ナシですからね？　あんまり過酷だと、私逃げますから」

「あはは……アリだね、それ」

「ナシですよ、ナシ！　ああっ、もう、変なこと吹き込むんじゃなかった！」

地脈と呼ばれる地下深くにある天然の魔力回路が安定するようになってからは、妖怪の被害はほぼ皆無と言っていい。

彼らがいるタイヨウは、そろそろ潰《つぶ》れると噂《うわさ》の小さな部署で、その主な用途は体《てい》のいい研究員たちの左遷先だった。

上司の不幸を呪いながらタイヨウへやってきたハルトは、しかしそこで運命の女性と出会う。

それが職場の後輩であり、条件付き雇用でハルトが雇っている九条レンゲだ。

上司のセクハラに拳で抵抗した彼女は、ハルト同様ここに左遷された職員の一人である。

強化兵装の回路を安定させられるだけの魔力と高い身体能力を持つ直属の部下という、なんとも都合の良い駒がやってきたのだ。

そんな人間が自分の下へやってきたことを、運命と呼ばずになんと呼べばいいのか。

ハルトはそれを上手く言い表す言葉を知らなかった。

彼は上司や同僚にも内緒にして、レンゲを強化兵装のテスターとして働かせている。

無論危険報酬や各種手当を、自分の懐と研究費から出しながらだ。

レンゲは自分も研究畑の人間なのに、実戦形式のテストをさせられることに、最初は文句タラタラだった。

だが給与面で不安がなくなるのならと、今では割り切って作業に従事している。

ハルトは己の研究成果のためには、あらゆるものを犠牲にできる。

レンゲを放せばいつ次の逸材が来るかも分からない現状、彼女に性的な目を向けることは決してなかった。

二人の関係は事務的で、だからこそ気を使わずに接することのできる理想の上司と部下の関係であった。

「スポンサーさえいればなぁ。ねぇレンゲちゃん、実は君ってどこかの深窓の令嬢だったりしないの？」

「もう、バカ言わないでくださいよ。お金がある家ならこんな危険な仕事しませんって」

「だよねぇ、育ち悪そうだし」

「……どういう意味ですか、それ？」

ハルトの研究資金は、強化兵装一つを作ることで完全に尽きてしまった。

研究所からお金を引っ張ってくるのにも限界があるし、名目を作る必要もあるので結構な手間もかかる。

兵器というのは使ってこそ意味があるというのがハルトの考え方なのだが、今のアキツシマは平和そのものだからそもそも実戦の機会がない。

ハルトは一応武家である吉沢家の技術部の一員ということにもなってはいるのだが、特に階級もないヒラの研究員だ。

仕事をやめてどこかへ行くこと自体はそう難しいことではない。

無論軍事機密などは漏らせないが、幸いにして強化兵装は完全に自作なのでその範囲外。

アキツシマを出て大陸部の紛争地帯に行けば、強化兵装が日の目を見る可能性は高まるだろう。

ハルトとしてもアキツシマのバカどもと心中するつもりはないが、彼が未だ国内に留まっているのには理由がある。

――体が弱い母を、一人置いては行けないからだ。

飯島家は元々は公家だったが、父がポカをやらかしたせいで既に家は取り潰されている。

父は家の財を食い潰し、太り過ぎたのが祟《たた》ったのか早死にした。

高貴な生まれである母は貧乏暮らしが続いたからか、最近どうにも体の調子が思わしくない。

最初は服の着方も知らなかったらしい元箱入り娘の母親が、そんな状態で一人で暮らしていけるとは、ハルトには、到底思えなかった。

母の世話ができるような家政婦を雇えるような好条件なら、国を出ることもやぶさかではないのだが……今のハルトにそれだけの期待をかけてくれる奇特な人間はいない。

「はぁ、どこかにいないかねぇ。こんな安月給じゃなくて、もっといい給料出してくれるパトロンさん。ねぇレンゲちゃん、お金持ちの知り合いとかいない？」

「いないですね、何せ私は育ちが悪いですから」

ハルトは脳裏に人別帳《にんべつちょう》を思い浮かべて、可能性がありそうな人物がいないかをざっと確認する。

だがこの作業も既に何回もやっているので、当たり前のように該当者はいない。

ハルトには海外の伝手もない。

雇われの身では、そう簡単に海外に出掛けることも難しい。

アキツシマに来ている異国人は……とそこまで考えて、とあることを思い出した。

「そういえばさ、今リィンスガヤの王子たちが来てるんだよね？」

「トッド殿下にタケル殿下、それからミヤヒ様の三名が来ておられますね」

アキツシマとリィンスガヤは、国の格としては同等とされている。

そのため王位や爵位に関する事柄は、こちら側と同様に扱うのが通例だ。

ミヤヒは既に降嫁しているため継承権はないが、元はアキツシマの王である皇家の三女である。

彼女自身に継承権はなくとも、生まれてきたタケルは正当な王位継承者になり得る。

彼らがやってきた目的はただの観光旅行なのか、それとも……。

「すいません、少しお話できますかね」

「レンゲちゃん、お客さんだよ。対応しといて」

「はいはい、人使いの荒いことで……って、え？」

思考にリソースを振っているが故に、ハルトは話しかけられた男へは視線を向けてすらいなかった。

その様子を見たレンゲは、一昼夜続いたテストのせいでクタクタになっている体を無理矢理動かして、ゆっくりと声のする方へ振り返り……固まった。

それからギギギと、油が差されていない人形のようにハルトへと振り返る。

「ハルトさん、あなたもしかしてとんでもないことでもしでかしてくれやがりましたか？」

「えぇ？　そりゃ研究費ちょろまかしたり、裏帳簿かましたりはしてるけど？」

変な敬語を口にするレンゲの顔は、満面の笑みだった。

笑っているのに怒っていると分かる、怒気の籠《こ》もった笑顔だ。

「——あ、あなたって人は！　私がどれだけ気を配って、頭を下げてるかも知らないで、またそんなことを！」

レンゲが目じりをピクピクさせながら、ハルトの研究着の裾《すそ》を揺さぶる。

強化兵装の力が遺憾なく発揮され、自分よりはるかに筋量が少ない筈の彼女のパワーが途轍《とてつ》もないことになっている。

首がもげそうなその強化兵装の性能に、ハルトはニヤニヤとした笑みをこらえることができなかった。

「へぇ……面白いですね、そのスーツ。色々と使い道がありそうだ」

「ああっ、すいません殿下！　お見苦しいところを！」

（殿下……？）

と疑問符を浮かべながら、拘束が解かれ、ようやく首が回るようになったハルトは、声をかけてきた人物の正体に気付く。

自分よりも一回りも小さく、金色の髪をした少年。

服の仕立てがいいのは一目見て分かるし、すぐ後ろに強面《こわもて》の騎士が控えていることからも、相応の身分なのは間違いない。

レンゲの言葉から類推すると……恐らく彼は、リィンスガヤのトッド殿下。

トッド＝アル＝リィンスガヤ。

王位継承権第一位の、将来彼《か》の国の国王になるであろう少年だ。

（そんな彼が、僕が開発した強化兵装に興味を持ってくれている……っ！　これはチャンスだ！　恐らく千載一遇《せんざいいちぐう》、ここを逃せば後がないくらい大きな大きなチャンス！）

ハルトは明るい未来と潤沢な研究費に思いを馳《は》せながら、キラキラと目を輝かせる。

こんな辺鄙《へんぴ》なところに他国の王子がやってくることはおかしなことなのだが、目の前にぶら下げられた好機の前にはそんな些細《ささい》な違和感はすぐに消えてしまった――。

「トッド殿下、この強化兵装はすごいですよ。使えばリィンフェルトの雑兵程度なら鎧袖一触です。戦闘能力だけじゃなく、生存能力も上がります」

「あなたは飯島ハルトさんですよね？　ここに来るまでに対応してもらっていた上司の方からは役

に立たない奇想兵器と聞いていましたが、こうして直《じか》に見てみると……ふぅむ」

（あいつはまた僕の邪魔をして……無能な味方は、有能な敵兵よりも邪魔だとはよく言ったものだね）

ハルトは今度会った時には残り少ない髪の毛を抜いてやろうと思いながら、しげしげとレンゲを見つめるトッドへ意識を戻す。

「魔力回路がすごく精密ですね。これは全て、あなたが？」

「ああいや、開発したのは僕です。それにこの子、レンゲちゃんが手直しして彫り込んでる形ですね」

「使っている素材は、魔物のものですよね。少し触っても？」

「え、あの……」

「もちろんです、どうぞご自由に」

一瞬のうちのアイコンタクト。

レンゲが明らかに嫌そうな顔をしているが、ここが正念場だとハルトは強い意志を持って睨《にら》みを利かせる。

隣国の王子ともなれば、下手に反抗することも許されない。

兵装にかこつけて何かをしようとしているのではないか、とレンゲは勘ぐっているようだ。

だがハルトは拒否は許さなかったし、心配もしてはいなかった。

トッドのきらきらした目、そしてレンゲではなく着用しているものへ意識を向けている様子から察するに、恐らく殿下は自分と同じ穴の狢《むじな》だろうということが分かったからだ。

高貴な人間は魔物に触れることを厭《いと》う。

魔物や動物の死体に触れると穢《けが》れが移るなどと考えている者も多いのだ。

にもかかわらずトッドは、率先して自分から触りに行こうとしている。

王族としてはおかしな振る舞いだが、ハルトからすればありがたいことだった。

忌避や拒絶ではなく、興味を持ってくれているのだから。

トッドは少し悩んでから、兵装の端の方に当たる手首の部分に触れた。

撫でて、つまんで、引っ張って、その感触と弾力を確認している。

「これは……なんの素材？」

「ここらへんで捕れる、雷ナマコの表皮です。雷を纏《まと》う性質上、この素材の魔力伝達率は非常に高いので……」

「実は僕も、こういう身に纏うタイプの兵器を自作してみたりはしたんだ。オーガ、こちら側で言う鬼の素材なんかも試したんだけど、なかなか上手くいかなくて……」

「鬼の素材なんか使っちゃダメですよ。あれは内側の筋肉に強化魔法をかけて戦う魔物ですから。筋肉で兵装を作るとなれば量がいるため、複数体の素材が必要。でもそれだと魔力波が異なるので……」

「いや違う、僕はこういったボディスーツよりもさらに大きな、鎧タイプを開発しようとしてたんだ。金属に魔物の素材を合わせればいけると思ったんだけど、なかなか上手くいかなくて……」

「使う魔石を……」

「この兵装の単価は……」

自分がまたセクハラを受けるかもしれないという恐怖を覚えていたレンゲは、すぐにハルトの方へ向き直ったトッドを見て毒気を抜かれる。

どうやら既に興味の対象が移っているようで、今はハルトと顔を突き合わせて何やら技術的なことを話していた。

(ああ、このお方もハルトさんみたいなタイプなわけだ)

周りが見えなくなるくらいに集中する阿呆《あほ》……良く言えば、興味があることをとことん突き詰める真っ直ぐな人。

レンゲは視線を感じ、顔を上げる。

そしてその正体が、トッドとハルトの後ろにいる護衛の人から発されたものだと分かった。

彼は非常にすまなそうな顔をしている。

どうやら向こうのお守りもなかなかに大変なようだ。

『うちの殿下がすいません』

言葉に出さずとも、その顔と曲げた背筋が雄弁にそう語っている。

レンゲも『うちのハルトさんがすいません』と軽く会釈をして謝ってから、唾を飛ばすほど熱中している二人を見て呆れたため息を吐く。

トッド殿下は、まだいいのだ。だって彼はまだ十歳の男の子で、世界のどんなものにも興味を持

たずにはいられないお年頃なのだから。

（でもハルトさん、あなたもう三十超えてるいい大人でしょう？）

だというのに自分より二回り近く小さい子相手に楽しそうにおしゃべりして。

あれでは本当に、子供と変わらない。

（ホントに……ダメな人）

意気投合している二人を見て、レンゲは思わず笑ってしまった。

彼女の様子にはまったく気付かず、トッドとハルトは自分たちの世界に入り込んでしまっている。

恐らくだがこれで、ハルトにはパトロンがつくことになる。

トッド殿下は将来国王となる人物だ。

パトロンにするにはこれ以上ないほどの優良物件だろう。

殿下ならハルトのネックになっている母親ごと、リィンスガヤに移住できるよう好条件を出すことも難しくはない筈だ。

そうなればきっとハルトは躊躇《ちゅうちょ》無く研究室を抜け、羽根のように軽く隣国へ行ってしまうだろう。

ズキン……。

胸に疼痛《とうつう》がやってきて、レンゲは驚きから目を白黒させる。

彼がいなくなることを悲しんでいる自分がいることに気付いたのだ。

自分は魔法が使え、かつ言うことを聞く部下だから行動を共にすることができていた。

二人の関係は、ただの上司と部下だった。

そして……上司と部下でしかなかった。

無理無茶を言われながらのここ二年間ほどの毎日を思い返すと大変でもあったが、同時に充実してもいた。

そんな日々が終わってしまうことに、寂しさを覚えてしまったのだ――。

感傷に浸っていたレンゲは、ハルトが黙って自分を見ていることに気付いた。

会話は何故か止まっていて、トッド殿下も黙って少し離れた場所で立っている。

（これはいったい、どういうわけだろう）

状況が追いつかないうちに、ハルトが距離を詰めてくる。

「あの、さ……もし良ければ、なんだけど」

彼はいつになく歯切れ悪い調子で、視線はふらふらとあっちこっちをさまよっている。

不安からか緊張からか、何度も握り拳を作ってはほどいていた。

その様子は母親に叱られる前の子供のようで、相変わらず年相応の落ち着きというものがない。

「僕と一緒に、来てくれないかな」

そっと出される手は、レンゲの周りにいるどんな男たちよりも細くて白い。

ただ恥ずかしさからか、頬はピンクになり耳は真っ赤に染まっていた。

レンゲはハルトのことを、研究以外にまったく興味のない人物だとばかり思っていた。

だが本当は、そうではなかった。

ハルトはただ不器用で、自分の気持ちを真っ直ぐ伝えることのできないひねくれ者だった。

……ただそれだけの話だったのだ。

レンゲは息をのみ、小さく体を震わせる。

そしてゆっくりと右手を出して、ハルトの手を握った。

彼女は左手で目元の涙を拭いながら、

「こちらこそ、よろしくお願いします」

と、消え入りそうな声で呟いた。

こうして飯島ハルト、九条レンゲの両名は対妖怪特殊武装研究室を抜けリィンスガヤ王国へと渡ることとなる。

今から三年後にやってくる大災害、ヤマタノオロチの復活。

両名がそれを救う立役者であることを知らず、研究員たちはこれ以上給料を渡す必要がなくなったことを喜び、笑顔で彼らを送り出していた。

これはトッドも後になるまで気付かなかったことなのだが、実は彼は転生して十年が経過したこの日に、初めて人の直接の生き死にに関わった。

本来であれば九条レンゲは、ヤマタノオロチとの戦いで命を落としてしまう。

そして彼女の死を目の当たりにしたハルトは、自分の開発した兵器がどんな化け物でも倒せるようにと、研究に没頭するようになる。

そして強化兵装よりさらに重装備となった、機動鎧の開発に成功するのだ。

彼を研究にのめり込ませたトリガーは、レンゲの死にあった。

しかしレンゲごとハルトを引き抜いた結果、彼女の運命は変わる。

なし崩し的に告白まがいのことをしてしまった結果、二人は付き合うことになった。

本来なら愛する人を失う筈だった研究者は、愛に気付きその手を取りながら歩み始める。

いくつかの相違点を生み出しながら、トッドは新たな仲間を増やしてリィンスガヤへと戻る。

滞っていた強化兵装の研究開発は、ハルトという人材が加わったことで飛躍的に進んでいくのだった――。

第三章　皆のために頑張ります！

トッドが十二歳になる頃には、彼のあだ名は『錬金王子』へと変わっていた。

宮廷内に怪しげな人物を連れ込み、王国親衛隊騎士団長であるライエンバッハへ引き合わせて、怪しげな実験ばかりをしている。

既に魔物の素材は私室に収まりきらなくなっていたため、王家の所有する土蔵に入れるようになっている。

お陰で他人の目に付くことも増え、魔物の死体を解剖する怪しげな少年という烙印《らくいん》を押されていた。

それに代わるように、エドワードの名声は日に日に高まっていく。

ついこの間など、隣国リィンフェルトの親善大使として国外へ出向き交渉で大成功を収めた。

貴族たちはトッドに早々に見切りをつけ、エドワードを王にしようと担ぎ上げるようになる。

彼らの動静を無視できぬ王や王妃もまた、何度注意しても直そうとしないトッドに愛想を尽かすようになっていった。

かつての神童が落ちぶれたものだと笑う彼らは気付かない。

今自分たちがしている反応が、トッドが狙って作り出したものだということを……。

本邸の裏地にある、誰も使っていなかった土蔵。

先々代が建てたらしいそのボロ家は長らく誰も使っていなかった。

そのためこの場所は、昔から溜め込まれていた、いつ使うかも分からないガラクタたちの並ぶゴミ収集所と化している。

トッドは父からその所有権を譲り受け、自分たちのラボとして使っていた。

広い空間もあるので体を動かすことにも困らず、周囲には木々が生い茂っているため秘密保持の観点からも素晴らしい場所である。

「ライ、小休止を入れよう」

「ハッ」

トッドは被《かぶ》っていた兜《かぶと》を脱ぎ、渡されたタオルで顔を拭う。

彼が着けているのは、赤色をした鎧であった。

だが本来なら十二歳である筈のトッドがライエンバッハにも勝るだけの体躯《たいく》になっているのだから、普通の鎧ではない。

一般的な金属鎧とは違い、金属に覆われているのは表側だけ。

その内側には魔物の素材がはちきれんばかりに詰め込まれている。

ハルトが開発した強化兵装より大きく、機動鎧と比べると小ぶりなこの機体は、この二年間の彼らの血と汗の結晶だった。

強化重装弐式『シラヌイ』、それが彼が身に着けている鎧の銘である。

半年ほど前、国内を騒がせたレッドオーガという凶悪な魔物がいた。

魔法を使い、オーガたちを従えることのできるだけの知能を持っているオーガは、小さな村のいくつかを壊滅させ、多くの人間たちを殺した。

トッドたちはちょうど魔石の調達に苦戦していたため、父から討伐の協力を取り付けることに成功。試作した強化兵装を使いながらトッド・ライエンバッハ・レンゲの三名で討伐することに成功し、ついでに周囲にいたオーガたちも狩り尽くした。

本来なら討伐隊を組んで行うほどの難敵だったが、強化兵装を用いたトッドたちの敵ではなかったのである。

研究も進み、既に以前ほど大粒の魔石は必要ではなくなっていた。そのためオーガの魔石でも事足りるようになり、現在強化兵装はかなりの量の在庫がだぶついている。

大量の素材を手に入れることに成功したことで強化兵装の量産には目処《めど》が立ち、機動鎧の生産に取りかかることになった。

しかし機動鎧は今までの兵装とは勝手が違うらしくその製作には難航している。そのため強化兵装から機動鎧を目指して改良されたいくつかの実験をして色々と試している段階だ。

今トッドが着ている強化重装は、機動鎧のように魔物の肉体をほぼフルで使うのではなく、着用者の体に沿うように筋肉や各種素材を削り、張り合わせて作られている。

オーガの肉体は強靱《きょうじん》なのだが、内側から流す魔力の伝達には難がある。

そのため内側に以前使用していた雷ナマコや風ナマズといった、魔力伝導性の高い素材を使用してその欠点をカバーしていた。

魔力を通すことで強化魔法を使った時と同等の効果が得られるようになっており、オーガの筋肉で補助された攻撃は、すさまじいの一言だ。

シラヌイで殴れば岩は陥没するし、剣を振るえば大木だろうが易々《やすやす》と断ち切れる。

未だ開発されてから一月と経ってはおらず、まだまだ強さに振り回されてはいる。

しかし強化兵装と比べれば、この強化重装の戦闘能力は大きく向上していた。

シラヌイを使うようになって、トッドはようやくライエンバッハと互角に打ち合うことができるようになったのだから。

「どうです殿下、使い心地は？」

「通気性とか最悪だけど、強力だから良し。ようやっと、ライと普通に打ち合える」

「いやはや、すさまじいですな。この鎧を下賜《かし》された時も思いましたが、トッド殿下といると何度も常識が覆《くつがえ》される」

伸ばしている髭《ひげ》を扱くライエンバッハは、全身を黒尽くめの甲冑《かっちゅう》で覆っていた。

これは機動鎧に合金を使用することを見越して作った試作品、魔道甲冑乙式だ。

魔力との親和性の高いミスリルを混ぜた合金で鎧を作り、内側に強化魔法が付与された魔石を入れられるよう作られている。

外から見ただけでは分からないが、開帳してみれば中にはびっしりと幾何学模様のような魔力回路が彫り込まれている。

これも鋳型《いがた》を作り、簡略化して兵装の一つとする予定である。

「これを親衛隊……いや、王国軍へ正式に配備すれば隣国はおろか大陸を制覇することも不可能ではない。秘密保持契約を結ばされたことが、つくづく惜しいですな」

「いやぁ、それは無理じゃないかなぁ。僕らみたいな変態がいるとは思えないけど、劣化した模品なら魔道具作りに長《た》けた人間がいればできるし。デッドコピーとか技術漏洩《ろうえい》とか考えると、まだ表に出すのは早いと思いますよ、ライエンバッハ卿《きょう》。リィンフェルトには人的資源で負けてるから、物量作戦でおしまいですからねぇ」

ライエンバッハには強化兵装や魔道甲冑など、いくつかの武装のテスターをしてもらっている。

その際に彼には守秘義務を課すことにしていたのだ。

決して違《たが》えることの許されない、国家機密レベルの最上級契約だ。

ライエンバッハは今、王とトッドの間の板挟みに陥ってしまっている。

トッドとしても早くその重荷を下ろしてあげたいところだ。

だがまだ今は早い。

力がない自分たちがすさまじい技術を持っていたとしても、それを他国に盗《と》られたりしては意味がない。

国がしっかりと秘匿しながら研究を進めてくれるだけの何かが、今の彼らには必要なのだ。

「やるんなら父上からの裁可が下り、絶対に信用できる人材を集めて秘密裏に進めなくちゃいけない。今僕たちがやることは……」

「山の民を征伐し彼らを兵力に加え手土産として凱旋《がいせん》、強化兵装を始めとした兵器群の有効性を実戦証明《コンバットプルーフ》をして見せつける。そして国家レベルの予算を下ろしてもらう……ですか。ホントに上手くいくとは、私には思えませんけど……」

レンゲは不安そうな様子を隠そうともしない。彼女は、トッドが言うように少数精鋭で山の民を抑えに行くことなど本当にできるのかと、作戦自体に懐疑的であった。

実際のところ、父であるリィンガルディア四世もトッドの外征には否定的な立場を示している。トッドが提出した案は、わずかな予算と人員だけで挑む、とてもではないが成功するとは思えないような代物だったためである。

予算も持っていく食料代と整備費だけで、総額は王妃の月の遊興費にも満たない額しか請求していない。

連れていく人員もトッド、ライエンバッハ、レンゲ、ハルト以外には親衛隊から派遣してもらう数人の人材のみ。

国王にはかなり渋られたが、

『いざとなれば私が首根っこ掴んで生きて帰ります』

と言ってくれたライエンバッハのお陰で、近いうちに説得は叶《かな》いそうだった。

傍から見ればこんな無謀な計画は、人望を失い焦ったトッドがヤケになっているようにしか見えない。だからこそ父が許してくれるだろうということも、トッドは計算づくだった。

……しかし彼には、しっかりとした勝算がある。

トッドはゲームの知識により、山の民の気質を知っているためだ。

山の民は基本的には騎馬民族であり、自然と共に暮らす奔放な者たちである。

彼らは自然と神に祈りを捧げ、強い者を何よりも尊ぶ。そして一度負けた場合、相手の下につくことを厭わない。それどころか強力な族長と共に戦えることを神に感謝するのだ。

だがそんな山の民の風習を、皆が知っている筈はない。蛮族とみなしているために王国民は彼らと交流することはない。生粋のアキツシマ人でありこちらの事情に詳しくないレンゲからすれば、無謀や自棄に見えるのも当然のことだろうと思っている。

これはエドワードがクーデターに失敗し、山の民たちと再起を図る『簒奪《さんだつ》ルート　～山の民編～』をやっている、原作知識を持つトッドしか持ち得ぬ知識なのだ。

体もある程度できあがり、魔道甲冑を着たライエンバッハとも斬り結べるだけの力は手に入れた。

今の自分たちなら、弓を扱えるだけの騎兵ならなんとでもなるだろう。

ライエンバッハの速度は、既に全速力の馬と同程度。

さらに出力の高いトッドのシラヌイは、後のことを考えなければ馬を軽く追い越せる速度が出る。

おまけに王族だけあって魔力についてはかなりの高スペックであるトッドは、シラヌイを全力で数時間稼働させることが可能だ。

気になるのは集中力が途切れる可能性があることと、中の通気性が最悪で蒸れて臭《にお》うことだったが……とりあえず両方に解決の目処は立った。前者はここ一月の長時間駆動訓練で、そして後者はその間にトッドの鼻がおしゃかになったことで。

「ま、みんないざとなっても弓騎兵から逃げられるくらいの力はある筈だよ。あんまり慣れてはないけど、僕だって逃げることくらいできるし」

「でもハルトさんが行くのは危険過ぎます。データなら代わりに私が……」

「いやいや、そんなもったいないことできないよ。ずーっと待ってた僕の発明が日の目を見る瞬間。それを見なきゃ、僕は死んでも死にきれない」

「ハルトさん……」

二人だけの世界を作り出していることに苦笑しながら、トッドはレンゲの方を向く。

彼女は拾いもの……というか、当初は仲間に加える予定のなかった人物だ。トッドの前世の知識では、レンゲなる人物はそもそもゲームには登場しない。そしてハルトのキャラクターも彼が知っていたものより、全体的に明るいのだ。

彼は地下研究室で幾人もの部下を従える凶気の技術者だった筈。引き入れる交換条件に出すのは、自分が持つ機動鎧の原型の試作案のつもりだった。だが何故かハルトは、引き抜きと母親の面倒を見ることで簡単にオッケーを出してくれたし、お手伝いをしていた九条レンゲも一緒についてくることになったのだ。

レンゲというキャラがゲームに存在していないということは、それまでに死んでしまっていたキャラクターなのだろう。レンゲは恐らくヤマタノオロチ復活の際に、死ぬ筈だったのではないだろうか。恐らくは復活前に自身が引き抜いたことで、彼女の運命を変えてしまったのだろう。

トッドは自力で、正解へと辿り着いていた。

王子としての小遣いをほぼ全て使い切るほど入れ込んでいるため、開発のペース自体はゲーム内よりかなり早い。このままいけばあと二年もすれば、強化兵装だけでは手こずるヤマタノオロチを倒せるだけの機動鎧の開発も叶うだろう。

ただしそれだと、アキツシマにかなりの被害が出るのは避けられない。

アキツシマが半壊するのを見ているのは忍びないので、もし開発が想定よりも上手くいけばヤマタノオロチ討伐の手助けをするつもりだ。

——無論、ただの人助けではなく、他に目的もある。

タケルがアキツシマの王に君臨する可能性がある以上、彼の国が弱体化することはひとまずは避けておかなくてはならないのだ。

「こほん、というわけで僕も行くからね。殿下、出立はいつぐらいになるんでしょうか?」

「そうだね、用意はできているから、あとはライエンバッハに口が堅い親衛隊員を選んでもらって、父上の許可が出たら大丈夫だよ」

ちなみに開発は、既にトッドの手を完全に離れハルトたちに一任されている。

彼らの役職は技術士官。一応トッド直属の部下という形になっている。

彼らが生み出す魔力回路はとてもではないが、トッドの手に負えるものではなかった。

複雑精緻な魔力回路は、感覚に頼らねばいけない部分が大きい。

素材となる魔物や使用者の魔力の性質によって、入れ込む回路の内容にも微修正を加える必要もある。

それら全てを踏まえて、トッドは機動鎧の開発を二人に丸投げすることにしたのだ。

使用感を試す以外にしたことといえば、魔法が使えない二人に代わって付与と状態保存の魔法をかけることくらいなもの。

ハルトたちが強化兵装に使っていた革だけではなく、今やトッドたちは筋繊維《きんせんい》や表皮といった生ものを使うことも増えてきている。

トッドはしっかりと魔法を教わっておいて良かったと、心から安堵していた。

今の宮廷魔導師に土魔法を第二階梯まで修めている者はスラインを除けば他にいない。

貴族として育ってきたスラインが魔物に触れてくれる筈もないので、もし自分ができなければ大量に捕ったオーガの素材たちは皆腐ってしまっていただろう。

「ちなみに同行する騎士の選定はもう済んでいますよ。この三人は秘密保持契約に了承しています。もっとも、秘密裏に行う特殊任務ということにしていますが」

ライエンバッハから渡されたのは、今回一緒に旅をすることになるメンバー三人の詳細な情報だった。以前言った要望通り、魔法が使える者が二人と魔法が使えない者が一人という配分にしてくれている。

非魔法使いでも使える各種兵装の開発も進んでいるが、いかんせん今の彼らのグループの中にはライエンバッハしか該当する人物がいない。

そのためある程度の実力がある、武装を扱える人員を必要としていたのだ。

今まで取れていなかった実戦データがあれば、これから兵たちに配ることになる兵装の配備の際には大きく役に立つだろう。

ちなみに、王国最強の騎士とも言われるライエンバッハでデータを取ろうとしたこともあったが……すぐにその案は棄却《ききゃく》された。

強化兵装を使えば壁を走れるような非常識な人間は、一般兵のデータを取るにはあまりにも不向きだったのだ。

「鎧のお陰で、いざということになれば殿下を守れそうですからな。数十名程度なら、殿《しんがり》を引き受けて道連れにしてみせましょう」

「ライはこの程度の戦いで殺していい人じゃない。だから死に場所は用意しないよ、老衰で死ぬまで僕の側《そば》にいてくれ」

「……」

ライエンバッハはじっとトッドを見つめ、黙りこくる。

普段から厳《いか》めしい顔をしている彼にしては珍しく、呆けていた。

彼は鳩《はと》が豆鉄砲を食らったような様子から立ち直ってから、

「殿下は人たらしですな。うーむ……そろそろ親衛隊長から降りるのもありやもしれません」

「僕の専属騎士にでもなるかい？　できればライにはエドワードのことを助けてほしいんだけど」

「殿下が王になるのが一番手っ取り早いんじゃないですか？　そしたら僕たちの研究費も……」

「ハルトさん、本音がダダ漏れです」

どうやらライエンバッハは自分を王にするのをまだ諦《あきら》めていないらしい。

彼は以前、トッドのことをただ体を動かすのが好きなだけの子供だと侮っていた。

無論トッドに悟られないように大人の仮面で覆って隠してはいたが。

しかしハルトを連れてくることで大きく進展した強化兵装の開発や、強化兵装を実際に自分で着けてみたことで考えが変わったようだった。

今までのトッドの奇行がこれを作るためにあったのだと知り、評価を一気に覆したのだろう。

ハルトも王になってもっとがっつり予算をくれと言ってきているし、人間関係というのは面倒なことばかりだ。

色々と動き回りたいし、そうしなければならないトッドとしては王になってもデメリットの方が圧倒的に多い。

それに今できている王族の序列をまた乱したら、いらぬ不和の原因になる。

これはまだ誰にも言ってはいなかったが、トッドは山の民を征伐できた段階で王位継承権を放棄するつもりだ。

そしてあの連峰を領地にもらい、適当に新しい家を興《おこ》す気でいたりする。

「……何度も言ってるけど、僕は王にはならないよ。武器を作って、前線で戦う王なんていない。だからライはエドワードのことを助けてやってね、これからも」

「――かしこまりました」

頷いてから、ライエンバッハは踵《きびす》を返して王宮へと戻る。

現在ライの体は全盛期を過ぎ、既に年齢は四十を超えている。

騎士団長をそろそろ降りるつもりというのも、あながち嘘《うそ》ではないのだ。

後任の騎士たちへ仕事を任せるようになってきているからこそ、彼はこうして自分たちの元へやってくることができるのだから。

「あー王さま早く許可出してくれないかなぁ。僕のシラヌイが敵をバッサバッサ薙《な》ぎ倒すところが、見たくてたまらないっ！」

「ちょっと、不敬ですよその発言」

ハルトの祈りが天に通じたのか、国王リィンガルディア四世の許可はその三日後に出た。

秘匿作戦『霹靂《へきれき》』のコードネームの下、任務遂行許可が下されたのだ。

一応の作戦内容は、エルネシア連峰で暮らす山の民の戦力を削ることと、開発した武装を試すというものになっている。

——だが無論トッドはそんなことで終わらせるつもりはない。

目安としては半年前後で、連峰をそこに暮らす山の民ごと手に入れる。

そしてトティラを殺し、後顧の憂いを絶つのだ。

覚悟を決めていた筈のトッドの体は……しかしかすかに震えていた。

◇

出立の前日の夜、トッドは寝付けずにいた。

ベッドの上で目をつぶっても、何度寝返りを打っても一向に眠気がやってこないのだ。

トッドはこの世界にやってきてから、色々なことをやってきた。

あるいは、しでかしてきたと言った方がいいかもしれない。

失敗することの方が圧倒的に多かったが、成功したものもいくつかある。

前世の知識を頼りに人材の引き抜きと兵装の開発には成功した。

お陰で今のトッドの手元には、現状では最強に近い強化重装シラヌイがある。

だがどれだけ使う武器が強くとも、トッドは対人の実戦は未経験だ。

やってきたことは自己の鍛錬とライエンバッハからのシゴキ、そしてオーガ討伐くらい。

山賊討伐くらい、一度は経験しておくべきだったと後悔しても後の祭り。

既に出発は明日に迫っているのだから。

頭は冴《さ》えているのに寝付けない。

そんな不快な夜長を、トントンというノックが引き裂いてくれる。

意識を現実世界へ引き戻し、瞼《まぶた》を擦《こす》って起き上がった。

「……兄上、まだ起きてますか？」

「ああ……入っていいよ」

やってきたのは、エドワードだった。

年は十になり、その美少年っぷりにはさらに磨きがかかっている。

蝋燭《ろうそく》に照らされる彼の横顔は、少し前に王宮にお呼ばれした芸術家が作った彫像に、勝るとも劣らないほどに美しい。

ゲームなら王位継承権を巡って争う筈の関係なのだが、トッドとエドワードは相変わらず仲良しのままだった。

トッドとしては、自分が既に王位継承のレースから外れているのが一番大きいと考えている。

既に母である王妃からは見捨てられており、何をしても放任状態だ。

王も小言を言うくらいで何をやっても黙認してくれている。

今のトッドはほとんど王宮の裏手にひっそりと立つ土蔵で暮らし、研究にのめり込んでいるが、誰かから何かを言われるようなことはない。

けれど土蔵で暮らすのは、流石に色々とよろしくない。

そのためトッドは、夜は未だ自室で眠るようにしていた。

トッドは自分から道を踏み外した不良債権である。

これが多くの貴族たちの見解だ。

故に彼を担ごうとする者はほとんどおらず、今では王の跡を継ぐのはエドワードだというのが多数派の意見である。

「明日から東のエルネシア連峰へ出掛けるのですよね。視察ということでしたが」

「そうだね、略奪が続く現状は好ましくない。交渉でなんとかできるといいんだけど」

「……戦うおつもりなのですか？　隊を動かした形跡が残らないような、ごく少数の人員で」

両親の目もあるせいで、エドワードと表立って会う機会は年々減っている。

それにトッド自身開発や研究に多くの時間を割いているという理由もある。

王族としては見放されても、自由な時間はほとんどないも同然だった。

（まずいな……明らかに感づかれてるよね、これ）

一応名目としては視察ということになっているが、エドワードにはトッドが何をしようとしているか予想できているらしい。

自分を抜くとライエンバッハ、レンゲ、親衛隊三人と戦闘員は合わせて五名のみ。

だというのに偵察や視察ではなく戦闘と予想できていることに、トッドは驚いていた。

父も恐らくは自分のことを、自作したおもちゃを使おうとする子供としか思っていないだろう。

恐らくは周囲の貴族たちの意見も、これに似たものの筈だ。

だがエドワードは違う。

どんな方法を使うかまでは分かってはいないだろうが、彼はトッドが何かをしでかすつもりでいることに感づいている。

彼の成長についつい頬を緩めてしまうのは、家族故だろうか。

頼もしく育つエドワードの将来が、トッドは楽しみでならなかった。

今回の作戦は、今後の王国の取る方針に関わるだけの大きなものだ。

強化兵装や強化重装がどれだけの力を持ち、有用なのか。

今後やってくる、騎士の時代の再来。

その大きな波に王国が乗り遅れずにいられるかは、トッドがどれだけ頑張れるかにかかっている。

だが前世の知識があるとはいえ、トッドは傑物でもなければ英雄でもないただの人だ。

山の民との戦いで、死んでしまうことも十分に考えられる。

そうした場合、果たしてハルトたちは王国に留まってくれるだろうか。

自分と同じ条件で雇用してくれる人がいなければ、彼らはアキツシマに戻ってしまうかもしれない。

それに自身が死んだ時、後を継いでくれる人間も必要だ。

本来ならライエンバッハに託すつもりだった。

だが……別に伝える人がもう一人増えたところで、展開は変わらない筈だ。

エドワードにならと思い、トッドは自分が知る知識のうちの一部分を伝えることにした。

――それは彼が知る未来と、そのための対応方法について。

戦場は機動鎧と呼ばれる特殊な装備を着けた、機動士たちにより席巻される。

だからリィンスガヤは一刻も早く、機動鎧を開発する必要がある。

誰にも信じてもらえぬ現状では、トッドが手ずからやるしかない。

「もし僕に何かあった場合は、後のことをエドワードに託す。ハルトにある程度は自由裁量を与えて任せておけば、後のことはなんとかしてくれる筈だ」

最低限の人員は揃えている。

自分が死んだとしても、彼さえいれば機動鎧の開発まではこぎつけることができる筈だ。

あと必要なのは人手と、誰にも漏洩することのない環境、そして大規模な生産設備。

恐らくはこうなるだろうと漠然と伝えた未来予想図を、エドワードは黙って頷きながら聞いていた。

「正直な話、僕が与太話を言ってるようにしか思えないと思う。だから全部を頭から信じなくていい。ただこうなるかもしれないから、もしもの時は備える方法だけは知っておいてくれると嬉しい」

「兄上は……いったいどうして……」

信じられないものを見るような顔をするエドワードを見て、しまったと思うがもう遅い。

弟の可愛らしい顔は引き結ばれ、怒りにも悲しみにも見えるつらそうな顔を向けられる。

少し喋《しゃべ》り過ぎた。

睡眠不足と実戦への緊張がエドワードの来訪で気が緩んだせいで、言う必要のないことまで言ってしまった。

まずいなぁと思い、後頭部をガリガリと掻《か》きむしる。

聡明なエドワードのことだ、トッドの内心もある程度推し量れてしまったに違いない。

今まで何一つとして話してこなかった研究内容を、どうして急に自分に話したのか。

その理由にも、思い至っている筈だ。

「兄上は……死ぬつもりなのですか？」

「死ぬ気は……毛頭ないよ。ただ人間いつ死ぬかは分からない、不測の事態っていうのはいつだって起こるから。もしものことを考えると……ね？」

「い、いやですっ！」

起こしていた上体に、エドワードが抱きついてくる。

どんな時でも冷静で、貴公子然としている第二王子の姿はそこにはない。

今トッドの体をひしと抱きしめているのは、自らの兄を心配する一人の弟でしかなかった。

寝間着の胸の辺りが、うっすらと湿る。

顔を上げたエドワードの瞳からは……大粒の涙が零れていた。

「兄上が行かなくてもいいじゃないですか！　兵を動かすなら僕からも口添えをします！　どうしてわざわざ自分で……」

「――聞き分けておくれ、エドワード。僕は彼らの危険性を、そして有用さを誰より知っている。僕以外の人がやれば、間違えるかもしれない。そしてそれが致命的なミスにつながる可能性もゼロじゃないんだ」

後の災いの芽となるトティラを倒し、山の民を仲間に加えながら戦う。

それだけならば、きっとある程度兵を預かったライエンバッハにもできるだろう。

だがこの世界は、『アウグストゥス　～至尊の玉座～』と似てはいるが、だからこそ見えてこない部分というものもある。

ゲームで描かれていない部分にも、人間の営みは確実に存在しているのだから。

ハルトが妄執に身を委ねるきっかけとなる筈だった、レンゲのような原作にはいない人物が他にもいるかもしれない。

有能なら取り込み、危険なら対処しなくてはいけない。

そういったイレギュラーに対応できるのは、トッドだけだ。

そもそもイレギュラーに気付き、それを異常だと認識できるのは、この世界では原作知識のあるトッドだけなのだ。

「僕ならやれる……ううん違う、僕しかやれないんだ。やり遂げて、そして絶対に生きて帰ってくるよ。約束する」

気付けば、体の震えは止まっていた。

死ぬかもしれないという恐怖も、どこかへ飛んでいってしまった。

エドワード、タケル、エネシア、アナスタシア。

可愛い弟妹たちを今後も支えていくためには、たかが山の民ごときでつまずくわけにはいかない。

トッドの目に覚悟の炎が灯《とも》る。

彼がこの世界に生まれ落ちてから出会ってきた、たくさんの人たち。

彼らはトッドにとって、前世でやっていたゲームのキャラクターたちではなく、生きた人間だった。

「だから、そんな顔しないでくれ。自分で言うのもなんだけど、今回持ってく武器は自信作なんだ。たかが山の民ごとき、ものの数じゃないよ」

エドワードの髪をゆっくりと撫で、落ち着かせる。

普段から梳《す》かれているからか、彼の金色の髪はさらさらと手櫛《てぐし》をなぞるように通っていく。

されるがままなエドワードは自分の醜態に気付き、頬をピンク色に染めていた。

「あ、あの兄上、恥ずかしいです……私はもう十歳で……」

「僕が十歳の頃は、ただ毎日ライと木剣を打ち合わせてばかりだった。それと比べればエドワードの方がずっと頑張っているさ」

それはトッドの掛け値のない本音だった。

前世の分の貯金を使って神童などと言われていた自分とは違う。

エドワードは正真正銘の天才だ。

既にスラドでは勝てなくなってしまったし、何個かあるボードゲームでも、トッドでは追いつけぬほどに頭の回転が速い。

最近は魔法の勉強も始めたらしいし、自分が受けずに済ませた帝王学なんかも父からみっちりと習うことになる筈だ。

いったい彼がどんな風に成長するのか、これから先の将来が楽しみで仕方ない。

だがどうやら、エドワードの自己評価は自分とは随分と違うらしい。

落ち着いた彼の顔は俯《うつむ》き、ひどく弱々しい態度をしている。

「私は……兄上みたいに体を動かすことが得意ではありません。それに兄上ほど根気強いわけでもなく、人を従えるカリスマもありません。だからせめて何か一つくらいはと、自分の頭を鍛えてきたつもりです」

「……僕なんて、そう大したやつじゃないよ。ただ幸運と奇跡が重なって、そんな風に見えてるだけさ」

「――そんなことありません！　兄上は物語に聞く、大空を駆けるペガサスのようです。あなたは誰からも縛られない。そして空を自由に飛ぶ姿は、あらゆる人を魅了する」

エドワードはいったい自分のことを、どれだけすごい人間だと思っているのだろうか。

そう思わずにはいられなかった。

トッドという人間の自己評価は驚くほどに低い。

言ってしまえば自分が曲がりなりにも兵器開発を進めることができているのは、この世界の攻略法を知っているという圧倒的なアドバンテージを使っているだけだからだ。

原作知識を持っているくせに、これしかできないのか。

トッドはいつも自分の不出来に歯噛みばかりしていた。

自分でない誰かが転生していたら、きっともっと上手くやれていただろう。

彼はいつだって、そんな風に思っていたのだ。

父や母に詳しい説明をしないのは、今しても彼らを説得できるだけの弁舌を振るうことができないからだ。

ライエンバッハにボコボコにされ続けたのは、機動鎧の感覚は肉体のものに準じると分かっていたからだ。

土魔法と風魔法に習熟したのは、自分がやらなければ他に頼れる人間がいなかったからだ。

ハルトたちを引き抜いたのは、そうしなければ不利益を被ると分かっていたから手を拱《こまぬ》いていられなかっただけ。

自分は知っている知識をそれっぽく話しただけで、それを形にしたのはハルトとレンゲの二人の功績だ。

本来仕える筈の父にも黙って色々と協力してくれるライエンバッハのお陰で、トッドは自分に合うようにシラヌイの出力を調整することができた。

トッドは色々な人たちに助けてもらって今この場所に立っている。

自分がすごい人間だとは、まったく思っていない。

だがエドワードはそんな考え方が気にくわないらしい。

彼が感情的になる機会は、今まで驚くほど少なかった。

不満を露《あら》わにすることなど、初めてのことかもしれない。

きっと今まで、エドワードはずっと自分を押し殺し、我慢してきたのだろう。

「兄上は、凡人では測りきれぬ大鵬《たいほう》です。父さんも母さんも、その取り巻きの貴族たちだって、誰一人あなたのすごさを理解していない！　私はそれが……悔しいのです」

トッドのすごさを誰も見ていないし、見ようともしていない。

何を為《な》そうとしているかなど、考えようともしていない。

それが悔しくてたまらないと、エドワードは零した。

瞳からは大粒の涙が零れ落ち、絨毯《じゅうたん》にシミを作っている。

弟がそんな風に思っているなどと、トッドは考えもしていなかった。

王位継承で揉《も》めないためには、これくらい低い評価の方が都合がいいだろうとしか考えていなかった。

王族にもかかわらず体ばかり鍛え、本来使わぬ筈の土と風の魔法に熟達し、異国人を王宮の近くに引き入れて怪しげな研究をする墜ちた天才。

それがトッドの評価であることが、エドワードは嫌で嫌で仕方がないと言う。

今のままの自分では駄目なのだと、弟の言葉を聞いてトッドは気付く。

フラグが立たないよう心がけ、自分の評価を下げなければいけない。

エドワードを始めとする兄弟たちと仲が悪くならなければ、後のことはどうでもいいと考えている部分は確かにあった。

彼が気付かされたのはそういったゲームにおいてのどうこうの話ではなく……もっと単純な事実だった。

——エドワードにとってトッドとは、王位継承云々の前に、世界でたった一人の兄なのだ。

自分の兄に格好よくいてほしいという、純粋な気持ち。

それは特定の人物との会話する際に細心の注意を払い、将来の布石として意図的に会話を誘導するよう意識していたトッドからすれば、直視できないほど眩《まぶ》しいものだった。

「そうか……そうだね……」

これからのことを考え過ぎていたせいで、足元が疎《おろそ》かになっている。

自分が取ってきたのは、そう言われても文句が言えないような態度だった。

これは優先順位の問題だ。

王位継承権だとか、フラグ管理だとか、そんなことよりもっと大切なものがある。

トッドはエドワードの言葉を聞いて初めて、それに気付くことができた。

兄なんだから、弟妹たちの模範《もはん》たらないといけない。

そんな誰もが一度は母親に言われるような当たり前のことを、彼は十二歳を迎えて初めて理解したのだ。

「じゃあ一度帰ってきてからは、もう少し色々と頑張ってみることにするよ」

「……約束ですよ」

「うん、約束。指切りしようか」

「指切りってなんでしょう?」

そういえばリィンスガヤにはなかったなと気付き焦って説明を加えると、エドワードは納得し指切りをしてくれた。

エドワードは指切りを交わした自分の手をじっと見つめてから、満足そうに部屋を出ていく。

トッドは頭の後ろに手を組んで、弟同様満足した顔つきで目をつぶる。

すぐに睡魔に襲われ、先ほどまでの様子が嘘だったように一瞬で眠ることができた。

第四章　いざ、エルネシア連峰へ！

「あれが山の民か……」

旅芸人の一座を装いながら王国を東へ進んだトッドたちは、お目当てであるエルネシア連峰へとやってきた。

山の民たちは、トティラによってリィンスガヤ式の国造りがなされない限りは、国家を持つことはない。

彼らは寄り合い所帯のようなものであるため、明確な国境というものはなく、侵入は容易だった。

だが入るとすぐに、こちら側を警戒する一つの小集団と出くわしたのだ。

その数は二十前後。

ゲームの知識通り、彼らは文字通りの皆兵《かいへい》。

明らかに背丈の小さい子供すら、弓を背に携えている。

「蛮勇ですな、隠れようともしないとは」

ライエンバッハが、顎《あご》の辺りに纏めている髭を撫でつける。

スッと細めた目で、しっかりと己の敵を見定めている様子には傲《おご》りも慢心もない。

彼は調整を終えている魔道甲冑を身に纏い、油断なく敵を見据えていた。

ライエンバッハが言う通り、向こう側に視認できている山の民は隠れることもなくこちらへ近づいてきている。

今トッドたちがいる場所は、年に一度のペースで行われる彼らの略奪の現場に近い。

わざわざ自分から獲物がやってきてくれたぞ、と舌なめずりをしているのかもしれない。

「蛮族とは聞いていましたが……」

「リーダーと思《おぼ》しきあの男……まさに悪鬼」

「あれはいったい、なんのためにやっているのでしょう」

ライエンバッハが連れてきた三人の親衛隊、ランドン、ミキト、スートの三人が気味悪げな顔をしながら、先頭で馬に乗る大柄な男の顔を見ている。

彼らは既に強化兵装を着用しており、全身を真っ黒なボディースーツで覆っている。

この一年である程度改良は進んでおり、強化兵装胸部にあった魔石はなくなっている。

明らかに弱点だと分かる魔石をどうにかできないかと試行錯誤をした結果、ハルトたちはそれを溶かし込んで魔力回路に入れることに成功したのだ。

そのため出力自体は若干落ちたが、ある程度強化兵装が破れても戦闘の継続が可能になっている。

ちなみにランドンとミキトは魔法が使える人用の強化兵装特参式、スートは非魔法使い用の強化兵装弐式改を身に着けている。

彼らの視線の向かう先、小さな栗毛色の馬に乗る男の顔には、凸凹ができていた。

類の辺りにミミズがのたくったような跡がいくつもあり、それは魔物や妖怪を想起させるようで気味が悪い。

「あれは顔に石灰を埋めてるのさ。相手がビビってくれた方が有利だから、わざとおどろおどろしくしてるんだと思う」

「お粗末《そまつ》だね～。彫り物をするなら、彼女くらい機能的にやらないともったいないのに」

「……ハルトはもしかして、ハレエダ博士と知り合いなのかい？」

「あれ殿下、よくご存じで」

「ちょっと二人とも、今はそんな話をしてる場合じゃないですよ！」

二人で和気藹々《わきあいあい》と話しているハルトとトッドを見て馬鹿にされていると感じたのか、山の民たちが進軍速度を上げる。

それを見てレンゲはハルトの首根っこを引っ張り、後退させる。

ちなみに彼女とハルトが着ているのは親衛隊員同様、強化兵装の特参式だ。

戦いをするのは、今はまだトッドと騎士たちだけだ。

ハルトたちには今回、サポート役に徹してもらう。

レンゲはそれを聞いてホッとしていたようだったが……彼女もすぐに気付くことになるだろう。

戦っていた方が、どれだけ楽だったかということを。

「殿下、初陣《ういじん》は誰にでもあります。小便を垂れても、吐瀉物《としゃぶつ》を口に溜めても構いません。ですが手と足だけは、決して止めないでください」

「……忠告ありがと」

敵の表情が目視できるほどに近づいた時には、互いに戦いの準備は整っていた。

向こうの一団の中にいる小柄な女性が、矢を番《つが》えていない弓を天高く掲げた。

そしてその弦を何度も震わせ、空を仰いでいる。

その行為は天高くにおわす彼らの祖霊に対して恥じぬ戦いをするという、彼ら流の開戦の狼煙《のろし》だ。

これに何もせずいきなり戦いを始めるのは非礼に当たる。

トッドがパチンと指を鳴らすと、後ろにいるハルトが、げんなりとしながら、強引に持たされた弓を手に取った。

「なんで僕が……弓って手の皮剥《む》けるからヤなんだよね……」

ぶつぶつと言いながらも、彼も山の民の見よう見まねで弦を鳴らす。

ハルトが手に持っているのは、一応今後のことも考えて持ってきた弓型武装の試作品だ。

(これが使えるような人物がいるといいんだけど……)

トッドは自分の考えを切って、ごくりと唾を飲み込む。

向かいにいる集団が、こちらへと駆け始める。

何十もの馬蹄《ばてい》の音は、人の潜在的な恐怖心を呼び起こす。

視覚的なものもあって、思わずひるんでしまいそうなほどの迫力があった。

(でも僕は負けるわけにはいかない。いつまでも格好悪いお兄ちゃんじゃ弟が困っちゃうからね)

鉄板で補強された手の甲で、ミスリルで覆われた体をトンと一度叩く。

そして大きく息を吸って、馬の足音に掻き消されぬよう大声を張った。

「ライ、あのデカいのは僕がやる。親衛隊を率いて周りの雑魚を蹴散らしてくれ。レンゲは適宜サポートに入って、あとハルトは流れ弾食らわないように気を付けて」

「承知いたしました」

「「我が忠誠にかけて！」」

「……できる限りやってみます」

「僕はさっさと逃げてるから、皆急いでね～」

トッドを含めた戦闘員全員が、覚悟を決める。

ハルトは既に矢が飛んでこないような距離を計算して、少し離れた場所へ逃げていた。

トッドは思いっきり息を吸い込んで、叫ぶ。

「シラヌイ、出る！　私に続け！」

強化重装は、機動鎧と比べるとその造りはかなりシンプルだ。まだ魔力エンジンやスラスターは開発されていないため、内燃機構はほとんど搭載されていない。本来のサイズよりも一回り大きくなれるような鉄鎧を着ていると言えば分かりやすいだろうか。全身をレッドオーガの筋肉で補強し、その上に赤く塗装した鉄板やミスリル板を重ねているのだ。

本来なら歩くことすらままならぬほどの重量があるその武装を、トッドは軽々と着こなして前進する。

強化重装をまだ十二歳の子が使えているのには、無論カラクリがある。

まず第一に、レッドオーガの素材には強化魔法が付与されており、使用者の魔力を用いることで強化を発動することが可能になっている。そしてその強化を搭乗者の体だけではなく、魔力回路を媒介にしてレッドオーガの筋繊維にまで届けることができるのだ。

つまり今のトッドは、自身の持つ潤沢な魔力で強化したレッドオーガの肉体を操ることができるのである。

たかが矢と山刀《マチェーテ》程度では、彼を止めることは不可能に近い。

トッドが全身を躍動させながら、リーダーの男の元へと駆けていく。本気を出せば馬の全力疾走を超えるだけの速力は出せるが、今はそれはしない。下手に散り散りに逃げられるより、一息にトップの男を殺し、残った部族の人間をこちら側に引き入れたいからだ。

犠牲は少なければ少ないだけいい。

トッドの少し後ろを、ライエンバッハが堂々と歩く。いつでも混ざれるような適切な距離を維持している。彼ら二人は重装備なので、山の民が使う粗末な弓程度では傷もつかない。

強化兵装も弓矢程度なら弾くが、当たり所が悪ければ怪我《けが》を負う可能性はあるので、親衛隊の三人は、トッドたちより数歩離れたところに配置させている。

「草食《くさは》みどもが！　我らギルの氏族に屈するが良い！」

ゲーム設定のお陰というべきか、この世界の人間は全て大陸言語と呼ばれる共通の言語で話をする。お陰で向こうが何を言っているかは分かるし、相手にもこちらの言葉が届く。前世では英語が苦手だったので、外国語に手を出さずに済んだのはラッキーだった。

駆けてくる山の民が、矢を番え放ち始める。

距離は十メートル前後だが、そのどれもが顔や人中といった人体の急所を狙っていた。

一つ二つは狙いが逸《そ》れているものもあるが、恐るべき命中精度だ。

これでは王国の弓兵程度では、太刀打ちができないのも頷ける。

カンと甲高い音を放って、全ての矢がトッドに当たっては跳ね返る。鏃《やじり》は鉄板を貫通することもなく、中のレッドオーガの肉体どころか外装に傷一つつけることすらできなかった。

トッドは雨のように降り注ぐ矢の中を、悠然と駆けていく。

それを見て矢では効果がないと判断したのか、攻撃が止んだ。

そしてリーダーを始めとする数人の男たちが山刀を持ちながら近づいてくる。

(それを待っていた)

品種改良のなされていない馬は、維持費が安価で丈夫な代わりに体躯は小さく速度も遅い。

内心でほくそ笑んでいると、ライが声を張りあげる。

「殿下をお守りしろ！」

ライエンバッハとその後ろに控えていた親衛隊たちが散開し、リーダー以外の男たちの元へ向かっていく。彼が二人を、親衛隊員が各自一人ずつを受け持つことでリーダーとトッドの周囲が空白地帯へ変わった。

男は馬を下り、単身トッドへと向かってくる。

「後ろにいる女は悪くない、五人目の妾《めかけ》に取ってやろう」

恐らくは後ろにいるレンゲのことを言っているのだろう。

確か山の民は一夫多妻制だったかと、原作知識を思い出す。

下卑た顔をしながら真っ直ぐ進んでくる男を見て、トッドは安堵してホッと息を吐いた。

(最初に戦う敵が、ゲスな男で良かった。これなら良心の呵責《かしゃく》なく、葬《ほうむ》り去れる)

自分目掛けて男が駆けてくる、その様子を見てからトッドはシラヌイへ魔力を通した。

魔力が回路を通じて流れていき、強化重装全体へと行き渡る。

こちらへ向かってくる男の構えは、我流なのかひどいものだった。速度はあくびが出るほど遅い。

これなら強化兵装を使ったレンゲの方がよっぽどいい動きをするだろう。

オーガの筋肉を躍動させながら、トッドが駆ける。

大地が震えたかと錯覚するような大きな音が鳴り、地面には大きな足跡がついていく。

瞬きの一つにも満たぬ間に彼我《ひが》の距離が詰まる。

トッドは背に携えていた大剣『クサナギ』を鞘《さや》から引き抜き、そのまま男へと叩きつけた。

男はそれに反応することもできず、頭への一撃をモロに食らう。

強化されたレッドオーガの腕力は、男を文字通り真っ二つに叩き切った。

剣を構えることもできなかった体が左右に分かれ、辺りを血の臭いが満たす。

ぼとぼと零れ落ちる臓器を見て顔をしかめながら、トッドは剣を地面へと突き立てた。

「「……」」

山の民たちは自分たちの長《おさ》が死んだことで、そして騎士たちはあまりにも一瞬で勝敗がついてしまったため、言葉を失った。

戦場を奇妙な沈黙が満たす。

その静寂を裂くように、まだ変声期にならぬ高い声でトッドが叫ぶ。

「今日からギルの氏族は私の傘下に入る！　文句があるやつはかかってこい。服従か死か、好きな方を選べ！」

ギルの氏族であった者たちは、皆一様に手に持つ弓と山刀を放り投げ両手を上げた。

あの男に人望がなかったのか、それとも圧倒的な強さの前に膝《ひざ》を折ったのかは分からないが、何にせよ抵抗は皆無だった。

こうして初めて接触した山の民たちは、リーダーであったギルを除いて皆がトッドの傘下に入った。そして彼らはその日から、トッドの氏族を名乗ることとなったのだ。

各氏族のテリトリーや、目的の人物であるトティラのこと等々、知っておきたい情報は山ほどある。そしてトッドには、新たに仲間になった山の民という情報源がある。であれば、それを有効活用しない手はない。

考えた末トッドはこれ以上進むことはせずに、情報収集を行うことを決めた。

新たにトッドの氏族となった山の民たちの住むテントまで案内された時には、既に日が傾き始めていた。

ハルトとレンゲに山の民たちの各種適性を調べるよう伝え、トッドはライエンバッハを伴い、用意された天幕の中へと入っていく。

無論トッドの言葉にレンゲは悲鳴を、ハルトは歓喜の声をあげたのは言うまでもない。

強化兵装はある程度数を揃えて持ってきている。

使用できる資質がある山の民に、貸し渡すことを視野に入れているためだ。

ハルトとレンゲの二人なら、その辺りを上手く見極めることもできるだろう。

（それにハルトが使ったあの弓のこともある）

暇な時にハルトと試作したとある武装なのだが、そもそも弓の腕がないと使えない代物で、正直今のトッドたちはあれを持て余している。

（適性がある人間になら、渡してみるのも面白いかもしれない）

テントの中へ入るとトッドはシラヌイを脱ぎ、いざとなれば乗り込めるよう脇に置く。

ちなみに護衛のライエンバッハは、魔道甲冑を着用し続けている。

彼が側にいるお陰で、トッドに不安はなく、リラックスすることができた。

とりあえず戦闘が終わり、結果は上々。特に心理的にキツい状態になったりもせず、興奮で昂《たか》ぶるようなこともなく、いつもの調子が維持できている。

だから本来なら嬉しい筈なのだが……今のトッドは、非常にげんなりとしていた。

その原因は彼の天幕に突然入ってきた、トッドの氏族となった山の民たちにある。

「族長様、これは選《え》りすぐりの馬の乳を使った酒でして……」

「ごめん、僕未成年だからお酒はちょっと……」

「族長様に女が侍《はべ》らないなどありえません！　ギルの妾で良ければ今夜にでも……」

「そういうのはもっとナシ！」

トッドがこの周辺の地形を把握しようと山の民を呼び出したら、何故か彼らは酒と女を用意してニコニコしながら天幕へ入ってきたのだ。

恐らく山の民流の歓待なのだろうが、まだ十二歳でしかないトッドには少々刺激が強過ぎる。

女たちを追い出して、ハマームという年かさの男だけを中へ入れ直した。

彼は最初シラヌイの中にいた人間が少年であることを知り驚いた様子だったが、トッドを侮るような様子はなかった。年や見てくれを気にしないでくれるのは、正直ありがたい。

強さ至上主義な山の民の世界では、舐《な》められないことが肝心なのだ。

「先ほどの女たちは族長様のお気に召しませんでしたか？　もう少し若い女子《おなご》の方が……」

「女の子はいらないから、本当に。あ、でも……もし良ければ、僕の仲間たちのところに向かわせてあげて」

「なるほど、確かに族長様には劣りますがなかなかの益荒男《ますらお》ですからな。了解いたしました」

「ありがとう。あと僕は族長様じゃなくてトッドだから、せめて呼ぶならトッド様にして」

自分はまだ性欲もあまりなく、戦の後の性的な昂ぶりとは無縁だ。

だが大人の親衛隊員たちがどうかは分からないし、下手に興奮していたらレンゲにちょっかいをかけたりすることがあるかもしれない。

それは避けたかったし、山の民たちの歓待を全て断るというのも向こうからしたら気分が悪いだろうというのもあった。

圧倒的な力を持つトッドたちに対して、何かをしなければと考える向こうの気持ちも理解できる。

親衛隊の皆には、今回の任務ではちゃんとした褒美を与えられるかは分からない。

だから少しくらい、役得があってもいいだろう。

ハマームに言ったのは、そういった色々な思惑からの総合的な判断だった。

「僕には食事だけでいい、あとは話をさせてくれれば。ここら一帯の地図が欲しいんだ」

「はて……地図とは？」

驚くべきことに、彼らは地図を作ってはいなかった。

ただ岩や木々を目印にして、なんとなくの方向だけで周辺地域を理解しているらしい。

あまりに原始的な、下手をすれば賢い動物以下の縄張り意識にトッドは目の前が真っ暗になる。

「でも周りにどんな氏族がいるのかとかなら分かるでしょ？」

「ええ、それはまぁ。近場ならほとんど全部、遠いところでも有名な氏族は大抵把握しております」

「どこから落とせばいいかとかも分かる？」

「トッド様の圧倒的な力の前では、誰もがひれ伏し頭《こうべ》を垂れるでしょう」

「……」

どうやら山の民に、作戦とか効率なんてものは存在していないらしい。

文化の違いというか、考え方が根本から異なっているというか……頭を抱えたくなるのを必死でこらえながら、トッドは根気強くハマームの話を聞くことにした。

◇

トッドの氏族となった彼らは、連峰から外れた草原地帯を住処《すみか》としている。峰の中でも山の民が神がいると信じられている高地や麓《ふもと》などが、最も力のある部族たちが集まるところらしい。

つまりトッドの氏族は、今のところ序列としてはかなり低い方に位置しているわけだ。

トッドが傘下に加えた二十人弱の者たちは皆、ワケありの者ばかりらしい。

追い出されたつまはじき者や、氏族が合わずに抜け出してきた者が集まってできたのが、ギルが仕切っていた氏族となったわけだ。

今トッドたちがいる王国側の者たちは、皆大小の差異はあれど脛《すね》に傷を持つ者が多いらしい。

とすればいきなり強力な部族と戦うよりは、まずはここら一帯の者たちを吸収して、トッドの氏族を大きくしていく必要があるだろう。

付近の氏族たちをいくつか教えてもらい、ハマームに礼を言ってから退出させる。

彼が女たちを引き連れてくるよりも前から黙って後ろに立っていたライエンバッハが、姿勢を楽にして小さく笑った。

「よろしかったのですか？　十二歳になったのですし、殿下もそろそろ色を知るべき年では？」

「からかわないでよ、今はそんなことしてる余裕なんかないんだから」

「いや、王族となれば色事は早ければ早いほどいいでしょう。年を取るまで経験がないと、いざという時困りますよ。無論、殿下が色香に騙《だま》されて身を持ち崩すとは思っていませんが」

「どうせ僕と結婚してくれるような人なんかいないんだから、困らないさ。ライの方こそ、どうなの？　手、つけちゃう？」

「結構です、私は家内一筋ですので。ですがランドンたちの褒美としてはいいと思います。私はもう半分枯れてますが、彼らは戦って血が滾《たぎ》ってるでしょうから」

こういった下世話な話は、今までしてこなかった。そしてトッドはライエンバッハが愛妻家であることを、これだけ長い時間一緒にいて、初めて知った。

（というかライ、結婚してたんだ）

ゲーム内ではできなかったけど、今世では最後まで奥さんと添い遂げさせてみせよう。

トッドはライエンバッハの新たな側面を知り、なんだか不思議な気持ちになった。

男同士だからか、下《シモ》の話をしたお陰で以前より仲良くなれた気がするのだった。

次の日の朝、何か動物の毛皮のようなものでできた簡素な布団で寝ていたトッドは寝ぼけ眼《まなこ》を開いた。彼を起こしたのは、天幕の外から聞こえてくる大きな声だ。

すわ敵襲かと思い、トッドは一瞬のうちにシラヌイへ乗り込もうと駆け出した。

それを止めたのは、何故か昨日と同じ体勢で立ったままのライエンバッハだった。

「敵ではないようですな、恐らくは氏族の者かと。この天幕の中なら、殿下を傷つけるより私がその者の首を落とす方が速い。安心して、どっしりと構えていてください」

「うん……ありがと」

トッドは魔法を使って水を桶《おけ》へ出し、顔を洗う。

そして意識を覚醒させてから、毛皮の上にあぐらを掻いて座り直した。

後ろに控えるライを頼もしく思いながら、どうして昨日と同じ体勢で、鎧を脱いですらいないんだろうと不思議に思った。

だが尋ねようとするよりも前に、外の声が聞こえるくらいに大きくなってきた。

「だーかーら、ちょっと待ってってば！　殿下が起きてからでも十分じゃないか」

「そうですよ、いい加減にしないと……」

「時間が残されてないんだ！　俺に才能があるのなら、今すぐあれを貸してくれ！」

声の主は三人、そのうちの二人はハルトとレンゲだ。

彼らが話をして留めているのが、恐らくはこの騒ぎの原因になった山の民だろう。

「いいよ、中に入れて」

「あ、殿下おはようございます。ホントに入っちゃってもいいんですか？　女の子がいるんだったらまた後にしますけど」

「冗談、普通に入りなって」

「それじゃあ失礼して」

ハルトとレンゲ、そして彼らに引き連れられた一人の少年が天幕の内側へと入ってくる。

モンゴロイド系の顔立ちをした、厚めの瞼を持つ少年だ。

年はトッドと同じくらいだろうか。

彼が言えたことではないのだが、戦場に出るには若過ぎる少年だ。

ただ瞳自体は大きくギラギラと光っていて、閉じているにもかかわらず口の先からは犬歯が飛び出している。

気が逸《はや》っているのか、目は血走っていた。

どうしてこんなやつを落ち着かせる前に連れてきた、という無言の視線にハルトはそっとそっぽを向いて答えとした。

「彼――ガールルーは殿下が求める魔力持ちですよ。もしかしたら僕らが作ったおもちゃも、使いこなせるかも」

「あなたが……いやあなた様が、あの死神を乗りこなす族長様ですか！　お願いします、俺にあなたの氏族の戦士が使っているような、武器を貸してください！」

そう言って頭を下げ、勢いそのままに土下座をし始めた。

目の前の少年のあまりに鬼気迫る様子に、トッドは思わず苦虫を噛みつぶしたような顔になってしまう。

魔法が使える人間というのは、それほど多くない。

魔力が魔法を使える水準にあるのは、全体の人口の二％前後と言われている。

おまけに魔力量は血の遺伝により引き継がれることも多く、市井の人間から魔法使いが出ることはかなり少ない。

トッドのゲーム内の知識では、山の民のキャラに魔法の適性がある人間はトティラと数人の祭司たちのみだった筈だ。

このようなまだ若い少年に、そんな人物はいなかったように思う。

彼を見て、また例外に出くわしてしまったと頭を必死に回転させる。

レンゲのことから考えれば、恐らくガールルーは原作に山の民が関わってくるようになる段階で死んでいる人物と考えるのが妥当だ。

こんなに若い子が、焦って力を欲しているのだ。

恐らくその何かによって、彼は命を落とすのだろう。

まだ若く、山の民でありながら魔力持ち。

運動能力が高く、馬上で寝れるようなバランス能力を持つ人間となれば、機動鎧のパイロットになれるだけの素質は十分にある。

彼がただの少年なら良かったのかもしれないが、少なくとも今の状態はまともとは言いがたい。

適性はあるのかもしれないが、今の彼では強化兵装の一つですら持たせるのは危険なように思える。

だがその問題の内容如何《いかん》によっては、トッドでも力になれるかもしれない。

これだけ思い詰めている何かを解決してやれば、純粋な山の民である彼の固い忠誠が得られるだろう。

そんな風に打算的に考える自分に苦笑しながら、トッドはガールルーを起き上がらせる。

「ガールー、君はどうしてそんなに力が欲しいんだい？　事と次第によっては、僕たちが力になれるかもしれない」

「……っ、はい！　自分には、他の氏族に奪われた姉がいます。私は彼女を、取り戻したい。あんな男のところにいても、姉は絶対に幸せになれないのですから」

家族か……と、思わず同情しそうになってしまう。

もしエドワードやタケルが誰かに攫われたとなれば、トッドは研究秘匿など全てうっちゃり持てる力の全てを注いで助けに行くだろう。

だからこそその気持ちも、理解はできる。

山の民の氏族同士の戦いでは、負けた方は勝った方に吸収される。

負けた氏族の女たちは勝った者たちのものになり、男たちは戦士として徴集され矢面に立たされることになる。

ということはガールーは、氏族から逃げてきたということなのだろう。

だが戦いに勝ったということは、少なくともそう弱い氏族ではない筈。

今すぐに助けに行こうなどと、軽はずみに約束することはできそうになかった。

「ガールー、僕らは山の民全てを統一し王国に編入させるつもりだ。だから今すぐにとは言えないかもしれないが、きっと姉は助けてあげられると思う」

「……っく、はい、分かりました……」

「不満がありそうだが、よもや忘れてはいないか？　お前もその姉同様、生殺与奪の権を勝者である我らに握られている」

　ガールーは納得していないのか、不満そうに顔を俯かせた。

　その態度が気に入らなかったのか、ライエンバッハは一歩前に出てわざと音が鳴るように鞘と鍔《つば》を打ち合わせる。

「いえ……いや、それならせめて一つ渡してくれることはできないでしょうか？　族長様のお手を煩わせることはしません。なのでせめて、やつに一矢報いることくらい……」

「貴様《きさま》、いい加減に……」

「――ライ、いい。ここで殺しちゃうのはもったいない。でもガールー、それほど急を要する話なのかい？　さっきハマームにも聞いたが、基本女性は子を増やすからと大事にされるらしいじゃないか。身重になれば大切にされるし、死んでしまった戦士の子も皆が大切に育てると聞いたよ」

　剣を抜き本当に斬り殺そうとするライエンバッハを制止して、トッドは内心でホッと息を吐く。

　恐らく彼がこの現場にいなければ、ガールーは間違いなく斬り殺されていただろう。

　自分がこの場にいて良かったと、場違いな安堵を感じてしまう。

「はい、ですがあの男は違います。既に妾の数は百を超え、吸収した氏族は十を超えています。女を玩具《おもちゃ》にしては壊すようなあいつの下で、姉上が今も震えているかと思うと……」

　うんうん、と頷いていたトッドの動きが硬直する。

　妾の数が多いというところまではいいのだが、吸収した氏族がという辺りで非常に嫌な予感がしたのだ。

どうしてガールーが、それほどまでに焦っているのか。

何故彼がゲームには出てこないのか。

それをなんとなく、推察することができてしまった。

そしてトッドの推測が正しかったことが、ガールーの言葉により明らかになる。

「俺はあいつ――トティラを殺さなくてはならない。やつは山の民の価値観を壊し、己の都合のいいようにねじ曲げる。姉上を守るため、そして山の民そのものを守るためにも――あやつは生かしてはおけないのです」

トティラが既に氏族を併合し始めていること、そして今回彼がしっかりと頭角を現していることはトッドにとっては不運という他ない。

しかし不幸中の幸いか、トッドの氏族になったガールーはトティラへの恨み骨髄《こつずい》な人物であり、その動向を具《つぶさ》に観察してくれていた。

お陰で今の彼のおおよその戦力、そして今後どのような予定になっているかを察知することができた。

トティラが率いるトティラの氏族の兵員は既に千名を超えているらしい。

彼が今狙っているのは、拠点であるリック山の麓に位置するギの氏族。

同数程度らしいが、恐らくトティラが勝つ筈だ。

半数を殺しいくらか痛手を負ったとしても、その数はさらに増えていくだろう。

数が多いが故に、強力な氏族へ攻めることができる。

そして併合して、より精強な兵士たちと多くの人員を確保できるようになってしまう。

そのままのペースで山の民たちを纏められてしまっては、トッドたちがいくら小粒な氏族を平定していったところで数で最終的な数で大きく水を開けられてしまうのは間違いない。

ガールーがもたらしてくれた情報は、正しく値千金と言っていい。

悠長にしている時間がないと分かったトッドは、ライエンバッハや親衛隊、そしてハルトたちを呼び出した。

そして自分たちの最大の脅威になるであろうトティラのことを説明し、その信憑性《しんぴょうせい》を上げるために説明役としてガールーを連れてきた。

「すまない、どうやら既に僕たちより早く動き出していた者がいたらしい。そのためこのままのペースでは間に合わない。下手なことをしても、こちらごと食い破られる」

「話は分かりましたが……僕たちと殿下のシラヌイさえあれば、数の劣勢くらいなんとかなるのでは？」

「確かに数十人程度ならなんとかなるかもしれないけど限界はあるよ。鉄やミスリルの外装の中にあるオーガの筋肉を断たれたらおしまいだし」

「それならどうしますか？　多少無茶してでも、大きめな部族を引き入れにいくのがいいと思いますが。数である程度拮抗《きっこう》できれば、後は我々がそのトティラとやらを直接殺すだけでいいのですから」

「そうだね、僕もおおむねそれに賛成だよ。でも今後のことも考えると、やっぱり少しでも数は欲しい。だから今回は、寡兵《かへい》をさらに分けようと思うんだ」

トッドが立案した作戦は、シンプルなものだ。

まずは王国からの人員をトッド、ライエンバッハ、ハルトと、ランドン、ミキト、スート、レンゲの二チームに分ける。

そしてランドンたちにはここら一帯の小規模の氏族を吸収していってもらい、トッドたちはこのまま先へ進み大きな氏族を攻め落としていく。

トティラとの全面対決が見えてきた段階で両者が合流し、会戦を行うという内容だ。

本当なら全員で一気に先へ進んでしまいたいところなのだが、今回既にトッドは元ギルの氏族の二十余人を拾ってしまっている。

彼らを戦力としてだぶつかせるのも良くないし、他の氏族に攻め落とされても面白くない。一応名目上とはいえ、トッドは彼らの面倒を見る族長になってしまった。

ならば最低限の面倒は見るべきだろう。

こうして責任というものは増えていくのかもしれない。

トッドはそんな風に思わずにはいられなかった。

「ちなみにガールーは僕らの方につけるけど、他の山の民たちは全員ランドンチームに行ってもらうつもり。強化歩兵四人だけじゃ、流石に戦力的に厳しいだろうから」

「整備がいるから、僕とレンゲちゃんを離すってことかな？」

「うん、その通り。あと、これからは戦力が余剰するってことがまずなくなるだろうから――山の民たちに強化兵装を貸し与えることを、僕の名において許可する。無論、トティラの方へ寝返りそうなやつに渡しちゃダメだよ。ハルトだけだとその辺りの判断ができなそうだから、レンゲはランドンチームに入れる」

ここから先は、連峰の山の民たちをトッド陣営とトティラ陣営のどちらに入れられるかという色塗りゲームだ。

トティラの牙は、機動鎧無き王国へ届きうる。

今は、出し惜しみをするべき時ではなかった。

ただこれはトッドには意外だったのだが、渋るとばかり思っていた親衛隊員たちの抵抗はそれほど強くなかったのだ。

もしトッドの身に何かがあれば彼らは物理的に飛びかねない。

強く抵抗されると思っていたのだが……そこは少し拍子抜けだった。

シラヌイでの戦闘を見たこととライエンバッハが側についていることから、危険はないと考えてくれているらしい。まあそれならそれで構わないと、ほっと胸を撫で下ろす。

ランドンたちの軟化の原因はなんだろうと考えていると、ライエンバッハから『恐らくは情が移ったのでしょうな』と囁《ささや》かれた。

その意味を理解して、トッドはカアッと頬を赤く染める。

どうやら彼らはしっかりと、女性たちに手をつけていたようである。

そういえばと改めて三人の顔つきを見ると、皆つやつやと血色が良く、どこか大人びた雰囲気になっていた。

「俺は……トッド様と一緒に？」

「ああ、そうだ。ガールー、君は僕に山の民最大の脅威と睨んでいたトティラの情報をくれた。だからその功に報いるために君には強化兵装を貸し出そう」

ガールーの扱いはどうするか悩んだが、こちら側に入れてしまうことにした。

彼は跳ねっ返りが強く、ランドンやレンゲの言うことを聞くかは怪しい。

それならこちらに引き入れてしまった方が楽だろう。

山の民がどのように強化兵装に順応するのか、そしてあの玩具をどう使うのか。

そのテストケースとして扱うつもりだ。

それに一応、ガールーのトティラとの内通を警戒してのことでもある。

恐らく彼は、姉の身と引き換えと言えば喜んでトッドたちを裏切るだろう。

そうなった時、レンゲたちだけではしっかりと対応できるかは分からない。

機動性、頑健さ、あらゆる部分で勝っている自分たちなら即座に斬り殺せる。

そんな少し後ろ暗い理由もあったりする。

「じゃあ、一応次にいつ合流するか決めておこっか。ただ実際に連峰に着くまでにどれくらいの距離があるか分からないから、具体的な日取りを取り決めるのは難しいよね」

「とりあえずここら一帯を取り纏めた段階で、こちらに来てもらいましょうか」

「うーん、それがいいか。僕らはちょっと未知数だし、一人抜けただけでも結構痛いと思うから、適当に山の民の連絡員とか使って教えてくれるだけでいいよ。識字ができないらしいから、トティラたちに見られることを考慮した上で、手紙を使って文字でメッセージ交換をするのが一番いいと思う」

「それは……はい、私たちもすぐに合流してみせましょう」

裏切りや襲撃を警戒しておいてほしいというトッドの意図をしっかりと汲《く》み取り、ランドンは大きく頷いた。

彼らが気を引き締めてくれさえすれば、恐らくこの王国近辺の氏族の併合は成るだろう。

「あと、あんまり遊び過ぎたらダメだよ。それでやられちゃったらしたら流石に怒るし、ライに半殺しにしてもらうから、肝に銘じておくように」

「は、ハイッ！　気を付けます！」

「妻として娶《めと》ることになっても、最後まで面倒を見るつもりです」

「うん、分かった。ただ一応三人とも最低でも騎士爵は持ってるんだから、下手なことしたら……分かってるよね？」

「「「――我が忠誠にかけて！」」」

ランドンたちが、胸に拳を当てて最敬礼の体勢を取った。

これは己の忠誠を違えれば心臓を刺し貫かれても構わないという、王国騎士特有のジェスチャーだ。

親衛隊員の王族への信頼は篤《あつ》い。

裏切りを警戒する必要はない。

トッドは親衛隊員の三人とは、それほど仲がいいというわけではない。

模擬戦は何度かしたし、訓練の際にアドバイスをしたりもしたけれど、信頼関係を勝ち得ているかと言われると微妙なところだった。

そのため彼らの気が緩み過ぎないように、少し強めに脅しておいたのだが……少しお灸《きゅう》が効き過ぎたかもしれない。

本国に帰ってからのことを考えれば、そう下手なことはしない……筈だ。

あまり羽目を外し過ぎなければ、トッドもそれほど怒るつもりはなかった。

「ちゃんとご飯食べなくちゃダメですからね。あと、毎日体を拭《ふ》かないと臭いですし、あとあと……」

「――いや、僕は子供か何か？」

「ハルトさんは、図体だけおっきな子供です！」

親衛隊員に団長たるライエンバッハがランドンたちに訓示を垂れ始めたので、とりあえず視線を横へ向ける。

そこではハルトとレンゲによって桃色の空間が繰り広げられている……とばかり思っていたのだが、都会に出る子供とそれを見送る母親のような光景がそこにはあった。

まだ付き合って一年ほどの筈なのだが、既にレンゲに尻に敷かれ始めている。

恐らくハルトはそう遠くないうち、所帯じみてくたびれていくことだろう。

それが人生というものなのかもしれない。

トッドは遠い目をしてから、結婚は人生の墓場という格言を思い出し、そしてしなければいけないことを思い出した。

昨日ハルトが開戦の合図として使っていた弓はどこかと思えば、ハルトが背負っていた。

トッドは背にかかっている弓をひょいと掴んで、ガールーへ渡す。

「これは……？」

「ハルトと僕で作った玩具だよ。試作型魔道弓『サジタリウス』っていうんだ」

「サジタリウス……」

「使用者の魔力を使って作った矢を飛ばす武器だよ、遠距離攻撃の手段が欲しくて作ったんだ。けどこれってそもそも大量の魔力だけじゃなくて弓の腕も必要でね、使える人が大分《だいぶ》限られてるの」

強化歩兵に何か遠距離攻撃のできる武装を着けられないかと思い、作ったのがこのサジタリウスだ。ゲームの中では仕様上の都合、機動鎧や強化兵装を着けたキャラは遠距離攻撃をすることは一部の例外を除けばなかった。

だがリアルであるこの世界にはそのような縛りはないので、機動鎧でも使える遠距離攻撃手段を模索しているのだ。

一応これ以外にもいくつか作ろうとはしており、中には発想上出さざるを得なかった銃に似た形状の魔道短杖などもある。

だがこの世界に火薬が存在しているかはまだ分からないため、情報公開はしていない。

銃や大砲はこの世界にどんな影響を及ぼすか、まったくの未知数だ。

トッドは下手なことをして、この世界が戦場へ変わってしまうことをひどく恐れていた。

「今はまだ無理でも、これが使えるようになれば戦力になってくれるだろう。期待してるよ、ガールー」

「は、はいっ！　――すごい、これがあれば……」

少々逸り過ぎな気もするが、聞いてみたところガールーの年齢は十一歳らしい。

聡明な弟妹たちで慣れているから感覚が麻痺《まひ》しがちだが、このくらいの年齢ならこれくらいが普通なのだろう。

そんな少年に武器を持たせるのは、あまり好ましくはないが……使えるものは使わなければならない。間に合うだろうかと考え視線の先に広がる山々を見つめていると、既に出立の準備は終わっていた。

これより先は皆、時間と戦いながら仲間を増やしていく必要がある。

兵数的にはあちらが有利だが、質は圧倒的にこちらに分がある。

勝算は、ある。

ならばあとはそれを掴むだけだ。

グッと拳を握り込んで、空を見上げる。

今この青空をエドワードたちも見ているのかと思うと、彼らとつながっているような気持ちになれた。

「あのそういえば殿下、一つ質問なんですけど」

「うん、なんだい？」

「殿下は速く移動するためにチームを分けたって言ってましたよね。でも僕が使ってるのは強化兵装ですし、ガールーはまだただの馬乗り少年ですよ」

「ああそっか、その説明をしてなかったね」

元気に手を挙げて質問をしたハルトの荷物を、シラヌイが背負っている大型リュックの中に敷き詰める。

用意してきた強化兵装は三十着ほど。

今回はランドルチームにそれを二十、こちらに十という割合で分配している。

あまりかさばり過ぎても良くないと、持っている水と食料も最小限に抑えている。

そしてトッドは不思議そうな顔をするハルトへ近づき、そのまま一息に持ち上げる。

体勢的には完全にお姫様抱っこだが、シラヌイによる補助のお陰で羽根のように軽い。

トッドの動きに合わせて、ライエンバッハがサジタリウスを掴むガールーを同様に抱え上げる。

そしてなんとなく察して顔を強張《こわば》らせているハルトへにいっと笑いかけ、

「決まってるだろ、僕らの超特急ツアーにご案内するのさ」

「不肖《ふしょう》ながらお供しましょう、殿下」

「え？　……え？」

何が何やら分かっていないガールーを無視し、固まっているランドンやレンゲたちの方へ向き直り、シラヌイへ魔力を流し込む。

「行ってきます！」

「ああもう、僕最近こんなんばっか……うぇっぷ」

「もしものことがあれば、私がお前らのそっ首を落とす。ゆめゆめ忘れるな」

トッドたちはこうして嵐のように出発した。

平気な顔をして全力疾走をするトッドたち。

抱えられ全身に風を感じるハルトは既に乗り物酔いの症状を来《きた》し始め、ガールーは放してなるものかと赤子のように丸まってサジタリウスを掴んでいた。

こうして彼らの作戦は、第二段階へと移行したのだった――。

◇

トッドたちが氏族の元を去り、連峰目指して旅立ったその日のうちに、ランドンたちはガの氏族と交戦をすることを決定した。

相手のおおまかな人数は分かっており、制圧は強化兵装を持つレンゲたちで事足りる。

トッドの氏族を入れれば、戦力としては過剰が過ぎるほどだ。

しかし出立するよりも先、これからの話をしようとした段階である問題が起きかけた。

いきなり族長であるトッドが消えたことで、ハマームを始めとする山の民は捨てられたのではないかと恐慌を来しかけたのだ。

山の民は、族長の号令の下でしか動くことはない。

迅速な判断が要求される狩猟民族である彼らは、リーダーの指示の下で意思を統率しようという考え方が組織の末端にまで行き渡っている。

そのため族長なしでは、彼らの意思決定は為されないのである。

あわや空中分解かという事態を抑えたのは、意外にもレンゲだった。

彼女はまるで鬱憤《うっぷん》を晴らすかのように暴れながら、ハマームたちを掌握。

あくまでもトッドが帰ってくるまでという条件付きで、トッドの族長代理として君臨することになった。

正直なところ、騎士でもなければ貴族でもない彼女に対して三人とも思うところはあった。

しかし親衛隊の三人は、彼女が自分よりも強化兵装を使いこなし、魔力量も多いことを理解している。

それに今の彼女には、触れればタダでは済まないナイフのような鋭さがあった。

わざわざ文句を言おうとする大馬鹿者は、誰一人としていなかったのだ。

こうしてトッドの氏族たちは、レンゲの号令の下ガの氏族の集落へ出発した。

強化兵装を使いこなすレンゲは、ギルと戦う際にトッドが使っていた同じ戦法を用いて戦った。

最初は敢えて通常の歩兵と同程度の速度で迫っていき、相手が逃げられないほど距離が詰まってから一息に勝負を決める、あのやり方だ。

レンゲは大きく跳躍し、馬上にいた族長のガを斬り伏せ、そのまま周囲の馬の数頭を転ばせてから度肝を抜かれた相手たちへ投降を呼びかける。

「繰り返します！　抵抗する場合は容赦なく殺し、恭順の意を示すなら命は保証します！　死にたいのならかかってきなさい、族長代理である私――九条レンゲが相手になります！」

隙《すき》を突かれぬよう、レンゲの周囲で目を光らせていたランドンが見たのは、両の手から剣と弓を落とし降参する山の民たちの様子だ。

そりゃそうなるよなぁと思わずにはいられない。

いきなり自分たちのボスが殺されたら、戦意が保《も》つ筈がない。

強化兵装のことを知らない初見のやつらが、この奇襲に対処をするのは困難だ。

少なくとも自分たちの情報が伝わらない限り、かなり高い確率で初手は決められる。

だがランドンには彼女が少し、焦り過ぎているような気がしていた。

トッドが一騎駆けをしたのはまだ分かる。

たった十二歳にもかかわらず、親衛隊騎士団長であるライエンバッハと切り結べるだけの、あの強化重装シラヌイと呼ばれていた兵器の性能は他を圧倒している。

弓矢だろうが刃物だろうが、生半可なものでは攻撃が通ることはない。

だがレンゲや自分たちが使っているのは、ただの強化兵装だ。

確かにこれだってすごい。

誰にだって建物の二階へ跳べる跳躍力や、人を投げ飛ばせるような力を与えてくれるのだから。

だが強化重装やライエンバッハが使う魔道甲冑と比べると、強度と防御力には難がある。

鏃が通ることはないだろうが、全力で放たれた山刀の斬撃なら兵装自体を裂くことくらいはできる筈だ。

それに兵装自体は大丈夫でも、その衝撃は内側に通る。

流石に馬上突撃を食らえば、使用者の体はズタズタになる筈だ。

本当なら彼女が飛び出すのは、自分たちがしっかりと左右を固められるように少し待ってからでも良かった筈だ。

しかしあくまでも自分の力だけで、決着を付けようとしていた。

その理由は分からなかったが、あの突撃は勇敢を通り越して無謀だ。

だが口に出して彼女の勘気に触れるのも嫌だったので、彼は同僚のミキト、スートの両名と一緒に、強行軍をしようとするレンゲを止めるに留めておいた。

いくら強い武器があろうと、人間の生活リズムが急激に変わる筈もない。

どれだけ超人的身体能力を発揮しようと、食事をしっかりと摂り睡眠を取らなければ、いざという時に力は出ないものなのだ。

ランドンたちはまた明日新たな集落へ行くことにし、今日は元ガの氏族たちと交流を深めることにした。

ギルの氏族を吸収した時と勝手は同じなので、以前のように困ることもない。

難しいことは考えず、とりあえず肉と酒を放出して、語らいながらバカ騒ぎをするだけでいいのだ。

それが山の民のやり方であるのだから、多少野蛮だとは感じても彼らの流儀に合わせよう。

それはランドンたちがトッドたちと別れる前に密《ひそ》かに決めていた、ルールの一つだった。

「いやぁ、それにしてもレンゲ様は強かったですなぁ。代理というからには、族長様は彼女よりも強いのでしょうか？」

「強い、レンゲさんは俺たちの中じゃあ三番目だから」

「戦士ランドンの言う通りよ、トッド様の強さはもう人の範疇《はんちゅう》を超えておられる。オーガですら道を譲るだろう。元族長のギルが頭から真っ二つになったのを、お前らにも見せてやりたかったのぅ」

「なんと！　それはぜひ一度お目にかかりたいものだ！」

夜も更けて元ガの集落へ逗留《とうりゅう》することになったランドンは、彼らの歓待を受けている最中だった。

虎の毛皮らしきものに座りながら、楽しそうに肉を頬張り酒を飲んでいる。

族長直属の戦士ということで、その待遇はかなり優遇されている。

ちなみにお酒には、中身が少なくなれば隣にいる女性が酌をしてくれるおまけつきだ。

前日は緊張からかガチガチになっていた。

だが二日目にもなると慣れたもので、すぐ近くに美女がいても自然体で過ごすことができていた。

何とは言わないが、大人になった影響が出てきていると言っていいだろう。

（……いかんな。ここの流儀に染まったら、元に戻れなくなる気がする）

山の民の文化は良く言えば素朴で、悪く言えば野蛮だ。

戦い至上主義で、負ければ全て失うが、勝てば全てが手に入る。

酒と女、つまりは金を除いた男の全てが手に入るのである。

事前にライエンバッハからの許可をもらっていたため、ランドンは少し躊躇したが結局は夜這《よば》いに来た女性に手をつけてしまっていた。

ミキトたちに聞いてはいないが、多分彼らも同じだろう。

実際に突っ込んだ話をしたわけではないが、そこら辺は大体察せるものだ。

（……俺はもしかしたら、生まれてくる場所を間違えたのかもしれんなぁ）

ランドンは昨日情を交わした相手のことを思い出していた。

彼女――エイラは、名実共にエリートで見合いや交際の申し込みが多い彼からすると、信じられないほど純粋な女性だった。

恋の駆け引きなど一切ない、あまりにも真っ直ぐな好意。

貴族としては当然の、家柄と密接に結びつく恋愛しか知らなかったランドンにとって、受けた衝撃は計り知れない。

彼女の純真さに惹《ひ》かれ始めてしまうほど、大きなショックを受けたのだ。

トッドたちに残って別働隊としての動きを期待された時も、親衛隊員としてはあるまじきことなのだが、これで彼女とまだ一緒にいられるという気持ちが一番に来てしまったほどだ。

そしてそれは二人も同様だろう。

ランドンも男だ、自分が情を交わした相手がいればやる気は上がるし良いところを見せようとする。

（……もしかすると殿下がわざわざ自分たちを残したのには、そういった側面もあるのかもしれん。いや、だが男女の機微まで理解するとは、十二歳としてはあまりにも……）

歓待を受けながら、ランドンは色々なことを考えていた。

思考を巡らせなければいけない事柄は多い。

――昨日は疲れていたし、自分たちが氏族の者たちとの交流をメインにしていたので三人でゆっくりと話をすることはできていない。

何かあれば起きれるよう気を配ってはいたが、見張りは部下に当たる山の民にやらせていたし。

（一度、あいつらと話をする必要がありそうだな）

このままでは自分が自分ではなくなってしまうかもしれないという恐ろしい感覚を抱いたため、ランドンは謝罪しながら宴《うたげ》を中座した。

そして天幕を出て、自分と同じく女性を脇へ侍らせていたミキトとスートを呼びに行ったのだ。

彼らも自分と同様に中座させ、今は誰も使っていない天幕へと三人でやってきている。

二人とも自分がだらしない顔をしているのを見られて、どうにも恥ずかしげな様子だった。

「んんっ！　……確かに一度、ゆっくり話をしたいと思っていた。既に俺たちの下につく者たちがいる身、こうして誰の邪魔もなく話すのは難しいしな」

ミキトが恥ずかしさを打ち消すためか大きく喉を鳴らす。

今回任務に選抜された三人は、親衛隊員としては同期に当たる。

そのため、自分たちよりも目上の人間がいない限りは、話し方も割とフランクだ。

三人は道中、強化兵装の訓練と称しライエンバッハにキツく扱かれていた……それはもう、ボッコボコに。

そのため同じ訓練を越えた仲間ということで、以前より数段高い団結力を得ていたのである。

「そうだなぁ。ようやっとというか、団長の目を気にしなくて良くなったし」

三人が集まったのは、今朝までトッドが使っていた天幕だった。

誰もいないので気を抜いているのか、スートがぐでーっと地面に横になる。

確かに、と二人が頷いた。

彼らにとってライエンバッハは、決して怒らせてはいけない鬼団長であり、彼の目があると考えるだけで下手なことができなかったのだ。

旅の途中も気が気ではなかった。

いつ何時《なんどき》、どんなことをしてライエンバッハのお叱りを食らうか分からない。

一度彼の機嫌を損ねれば、待っているのは気絶しても無理矢理叩き起こされる、終わりの見えない地獄のシゴキだ。

そのため今の三人の顔には、ようやっと解放されたという安堵が満ちていた。

「とりあえず、元ガの氏族の主立った面子《めんつ》とは俺が話をしておいた。元ギルの集落で俺が引き受けたのは女子供が多かったから、今回は戦士を中心に面倒を見ようと思う」

「ああ、いいぜ。その辺りの配分はランドンが一番上手いからな。俺はお前に従うよ」

「ミキトに同じ。でも今後のこと考えると、俺らで均等に分配するより氏族ごとに分けた方がいいかもな」

「確かにそうだな。じゃあ明日もう一つ氏族を攻略できた段階で、氏族ごとに三つに割るか。その方が連帯行動は取りやすいだろうから」

親衛隊員としては同期だが、騎士として生きてきた年月で言うとランドンが最も長い。

リィンスガヤ王国では、貴族には戦場を駆ける義務が存在している。

そのため成人した段階で第一騎士団へと編入され、従士から始め三年で騎士としてやっていけるような教育を受けさせせられるのだ。

ミキトとスートは元平民であり、親衛隊員の最低資格である爵位こそあるものの、どちらも世襲のできない騎士爵だ。

そのため二人とランドルの間には人の使い方を始めとして色々と熟練度の違いがあり、ランドンが二人の面倒を見ることも多い。

とりあえず今回の配分だけパパッと決めて、ランドンもスート同様に地面に坐《ざ》した。

ちなみに、レンゲには私兵は配分されていない。

彼女が今回連れてこられたのは、あくまでも研究員としてだったからだ。

「そういえば、レンゲさんはどうして今日あんなに焦っていたんだろうか」

「え、ランドンそれマジで言ってる？　見りゃ分かるだろ」

どうやら二人とも、分かっているらしい。

彼らがランドンを見る目は、この朴念仁《ぼくねんじん》めがとでも言いたげだ。

だがランドンは根っからの貴族で、ミキトたちは元平民。

レンゲの出自的に考えても、彼らの方が思考回路が理解できるということなのだろう。

「ラヴだよラヴ、こっちが落ち着いたら向こう行っていい許可が出たんだから、死ぬ気で頑張ろうとしてるんでしょ」

「一見するとハルトさんの方が尻に敷かれてるみたいだけど、実際はレンゲさんの方が彼に依存してるんだろうな」

「なるほど、そういうものなのか……」

だとすればあれは特に何か意図があったわけではなく、ただ本当に焦ってやっただけなのだろう。

だがあんな強引なやり方では、最初の数回はなんとかなってもいつか手痛いしっぺ返しを食らう。

それも恐らくは、命という対価を引き換えに。

やはり明朝すぐに、進言すべきだろう。

そもそも研究畑の彼女に軍を任せること自体がおかしいのだから。

……いや、だが一番強いのは彼女だから山の民的には問題はないのか。

それなら指揮だけ自分がとって、彼女にはここぞという時に出てもらうような形にしようか。

今後のことを考えると、強化兵装を持つ四人だけでなく、山の民たちを使った戦いにも慣れる必要があるのだから。

「酒飲もうぜ、酒」

「お前ガメてきたのかよ、手癖悪いな」

「人聞きの悪いこと言うな、ちゃんと許可取ってもらってきたんだよ」

ランドンが気付いた時には、二人は既にどこからか取り出していた酒を飲み始めていた。

貴族としての名誉や外聞を気にしないその様子に、二人の染まりっぷりに少し呆れてしまう。

彼は手酌で飲もうとする二人をたしなめながら、持っていた三つの木の杯を配り酒を入れさせた。

「んくっ…………いやぁいいねぇ、実にいい。正直、この任務をやると聞かされた時はリィンフェルトでのテロとか誘拐とか、そういう系のもんだとばかり思ってたが……いい意味で裏切られた」

「飯もたらふく食えて、部下を持ち、女も選り取り見取り。金なんかなくてもいいし、ここってもしかすると、天国か何かかもな」

「バカを言うな、俺たちがこれだけ良い思いをできているのは全て殿下あってのこと。それを自分の手柄だと思い上がっていては、足下を掬《すく》われるぞ」

最初、王国外で特殊な任務に当たると言われた時の三人の心中は複雑だった。

任務の内容は秘匿されており、そこで見知ったことの全ては口外禁止。

もしバラそうものなら、家族親類纏めてどうなるか分かってるだろうなという恫喝《どうかつ》付きというとんでもない条件つきの任務が、まともなものの筈がないと思っていたからだ。

ライエンバッハから聞かされた言葉、この任務は今後の進退において大きな意味を持つ——つまりは成功と共に昇進が約束されるという確約がなければ、断っていたのは間違いない。

実際、秘密の宝箱の中身はやはりまともなものではなかった。

巷《ちまた》で錬金王子などとバカにされている、王国第一王子のトッド＝アル＝リィンスガヤ殿下が進めている研究を体を張って試し、ついでに山の民を攻略する。

いったいそんなことをさせられると、この三人のうちの誰が想像することができただろうか。

そしてさらに言うのならこの三人のうちの誰が、これほどまでに確かな満足が得られるなどと考えていただろうか。

「確かに殿下さまさまだよな、うん。俺なんかただの平隊員だしよ」

「俺なんか魔法使えないしお前よりひどいさ。殿下の研究がたまたま非魔法使いにも広がるから選んでもらえたんだし。確かに殿下には足向けて寝られねぇよな」

どうやら二人は、本来の身分不相応に遇してもらえる現状をありがたがり、ただただトッド殿下に対して感謝しているらしい。

ランドンとしては色々と考えてしまうことも多いし……考えなくてはいけないとも思っている。

今自分たちが関わっている任務は、恐らく王国の今後を左右する。

それをまだ、二人は本当の意味で認識してはいない。

「二人はこの強化兵装を着けてどう思った?」

「うん、まずは……俺でもこんだけすげぇ動きできるんだなって驚いたな。俺は火魔法は軽く使える程度だが、第二階梯まで行ってる魔法使いでもここまで動けるようになるのは難しい気がする」

「俺は魔法が使えないから、魔法使いになれた気がして嬉しかったな。こんなに動けるなら、騎士団長は無理でも親衛隊二番隊隊長のアルさんとかには勝てると思う」

スートは元冒険者上がりで、育ちがあまり良くない。

そのせいか考え方が、少々安直に過ぎる。

ランドンは呆れを隠そうともせず、

「スート……お前はもう少しよく考えろ。殿下はこれを、非魔法使いにも渡せるように開発されている。恐らくはこいつを、王国軍全体にまで行き渡らせるつもりだろう。皆が一律に強化されるなら、お前の親衛隊内での順位は変わらないぞ」

「……あ、確かに」

「待て待てランドン、こいつを国軍全体に配備するのは無理じゃないのか? これ一着がとんでもない値段するらしいぜ。買えたりするのかレンゲさんに聞いたんだが、俺らの給料数年分でも足りないって」

「秘密漏洩阻止の契約まで結ばされてる秘匿兵器が買えるわけないだろうが! ――具体的な値段は知らんが、コストカットする方法があるんだろう。そうでなければ殿下や団長の周囲の人間にだけ使わせればいいんだから」

親衛隊員というものには、直接的な戦闘能力以外に二つの能力が要求される。

最も必要とされるのは、政治的な判断をするだけの思考力だ。

王宮の内部というのは、刃を交えぬ戦場でもある。

少なくとも、非貴族の親衛隊加入は早過ぎたのではないか。

二人の態度を見ていて、ランドンはそう思わずにはいられなかった。

確か親衛隊員の募集条件の緩和は、団長がしたのだったか。

――ということは、これも殿下の計画の一環なのだろうか。

考えても答えは出なかったが、正答を得る必要はない。

親衛隊員に必要なもう一つのもの。

それは自分の分を超えようとしない謙虚さだからだ。

だがそういったことを自分が分かっていても、ミキトたちが理解をしているのかは正直怪しい。

噛んで含めるように、言い聞かせてやる必要があった。

「こいつがものすごい代物というのは、二人も分かったと思う。隠すだけの理由があるということも」

「ああそれはもちろん。殿下が使うシラヌイや団長が使う魔道甲冑なんてもんもあるし、余所《よそ》には絶対漏らせないよな」

「でもよぉ、よく考えてみたら不思議だよな。これがすごいもんなんて、ちょっと使ってみりゃ分かることなのに。なんで殿下は国王陛下にもっと強く主張しなかったんだ？」

「確かにな。十二歳なんて、親に構ってほしいさかりじゃんか。しかも殿下は、もう何年も前から悪評を負い続けてきてる。放蕩《ほうとう》王子とか錬金王子って呼ばれてるのは、俺らだって知ってるし」

トッドの悪名は、親衛隊内でも有名な話だった。

魔物を解剖し、薬品を買いあさり、他国から人を招き寄せてまで錬金術に傾倒する、かつて天才だった第一王子。

ランドン自身、実際に会って彼の成果を目にするまではあまり評価が高くはなかった。

しかしトッドが生み出したものを見て、実際に使ってみた段階でその評価は一変し、こう思った。

──末恐ろしいと。

トッドやライエンバッハの言葉を参考にするのなら、彼はもう四年近い月日を各種兵器開発に注ぎ込んでいる。

自分の王位継承が怪しくなるだけの熱量で、周囲の反応など気にするような様子も見せずにである。

──それは尋常なことではない。

普通に考えて、まだ成人もしていない少年が、誰からも認められぬ努力をそれほど長い間、続けられる筈がないのだ。

トッドは他国からハルトやレンゲといった技術者を引き入れた。

なんでも彼らは、強化兵装の先鞭《せんべん》をつけた者たちという話だ。

(とすれば殿下はたった一度、親善目的で行っただけのアキツシマで、最も重要な技術者を引き抜

いてきたことになる）

トッドにはいったい、何が見えている。

彼はどこまで未来を見据えているのか。

その疑問は、対面を重ね彼の聡明さや清濁併せ持つ考え方に触れるにつれ、日増しに強くなっていく。

彼がそこまでして焦る理由が、どこかにあるというのだろうか。

「きっと……殿下にも何かお考えがあるのだ。私たち下々の人間には分からないような何かがな」

「そうそう、俺らはただ偉い人たちの剣になりゃあいいってわけ。難しいことは上が考えてくれるさ」

「でもよぉ、こんなすごい実物を持ってるわけだし、こいつをリィンフェルトにでも流せばとんでもない――」

「――それ以上はやめておけ」

強化兵装のお陰で強くなり気が大きくなったのか、とんでもないことを口走ろうとするスートを黙らせる。

彼自身マズいことを言った自覚はあるのか、顔色はすぐに真っ青になっていた。

確かに今の発言は、いくら酒の席とはいえ許されるものではないだろう。

だが今スートを罰せば、今後の作戦に支障を来す。

そこまで考えた上で、ランドンは口を開いた。

「冷静に考えてみろ、勝ち馬に乗らないバカがどこにいる？　今リィンフェルトへ強化兵装を売り渡し、孫の代まで使い切れない大金を手に入れたとしよう。――果たして孫の代まで、その国が存在していると思うか？」

「それは――確かにそうだ。何も殿下の発明は、強化兵装だけじゃない」

「ああ、それにこれは基本シラヌイに乗られているから忘れがちだが――殿下はまだ、十二歳だぞ」

「――っ!?」

「大人と話していると錯覚しそうになるが、殿下はまだ変声期も来ていないんだよな……」

トッドはまだ十二歳、王族とはいえ行動の制限も大きく外出の自由なども少ない。

そんな現状ですら、彼はこれだけのものを生み出してきた。

今でさえランドンに予想もつかぬほど広い世界を見ている彼が、今後年を重ねた時にどんなものを生み出すのか。

ランドンにはまったく想像がつかなかった。

だからこそ彼と敵対することだけは避けなければと思う。

強化兵装を他国へ持っていけば、確かに大金持ちにはなれるだろう。

だがそんな安易な考え方をすれば、必ずその代償を払わせられることになるだろう。

恐らくその代価は、命という形で支払わされることになるのは間違いない。

「従えばその分美味《おい》しい思いができる。団長にも言われてるだろう？　俺たちはこの任務が終われば昇進を約束されてるんだぜ」

「それだけではない。これは推測だが、殿下が我々に山の民を任せたのも意図がある。これはハマームから聞いたのだが、殿下は私たちのところへ女を向かわせるよう命じられたそうだ」

トッドはただ、厳しく律するだけの王族ではない。

成果には、報酬を以《もっ》て応えてくれる。

昇進や女という果実を、既に三人は与えられていた。

彼は未だ齢十二にもかかわらず、人間というものを知っているのだ。

鞭だけではなく飴《あめ》を用意しており、既に自分たちはそれに手をつけている。

既に引き返せないところにまで、足を踏み入れさせられているのだ。

恐ろしいとも思うが、そのような人物が自分たちの上に立っているというだけで、これほど頼もしさを感じてしまうとは不思議なものだ。

「従えば女と兵権を、そういうことだろう。今後も自分についてくれば甘い汁を吸わせてやると、殿下は言葉にせずともそう言っている」

「怖いねぇ、本当に十二歳のやることかよ」

「ああ、一瞬の気の迷いとはいえ、俺はなんてことを……」

青ざめながら震え始めたスートを見て、これで大丈夫だろうとランドンはそれ以上彼を追い詰めるのをやめてやることにした。

ポカを一つやったとはいえ、それはあくまでも自分たち以外の目のない場所でのこと。

それにスートは数少ない仲間の一人であり、任務で培われた絆は決して偽物ではない。

ランドンはちらとミキトと視線を交わし、頷いた。

話すべきことは済ませた、ならあとはバカみたいにはしゃぐだけでいい。

羽目の外し方は、山の民が教えてくれたのだから。

「ミキト、お前は手出したか？」

「もちろん！　母娘《おやこ》は背徳的過ぎて、燃えたぜ」

「スート、お前は？」

「えっ？　……俺、未亡人に弱くてさ」

「ちなみにエイラはとても素敵《すてき》な女性だった。任務が終わって許可が出たら、王国に連れてくつもりなんだ……」

酒をたらふく飲みながら、下世話な話をして空気を和ませる。

ランドンが酔った勢いで言った一言に、二人がひゅうと黄色い声をあげる。

彼らの酒宴は、酒が尽き三人が意識を失うまで続いた。

次の日、冷静になったレンゲから兵権を譲り受け、改めてランドンが族長代理として作戦を遂行することになった。

彼は堅実な指揮の下、周囲の氏族たちを併合していく。

自分たちだけで無理をせず、部下となった山の民たちをしっかりと扱う彼の戦は、華はなくとも負けることなく進んでいく。

無論犠牲も出たが、許容の範囲内で抑えることができた。

ランドンの指示を受けるミキト、スートも山の民を従えているため、彼らは人を使うことを覚えていくようになる。

トッドの氏族は着々と兵数を増やしていき、周囲への影響力を強めていくのであった――。

◇

ランドンたちと別れてから半日ほど経過し、そろそろ日も傾くかというところでようやく目的の場所へと辿り着くことができた。

エルネシア連峰の西端にある山である、ニング山だ。

傾斜自体は緩やかで、三つ目の山であるソウト山のような峻険《しゅんけん》なものではない。

馬上戦闘ができるだけの広さもあり、馬の食べられる草も生い茂っている。

「あれがホウの氏族か……」

ランドルに色々と妙な認識をされていると知らぬトッドは、尾根から上に見えている氏族の集落へと目を向ける。

元ギルの氏族の者たち同様、使っているのは布を使った天幕がほとんどだ。

居住性にはそれほど大きな違いはなさそうである。

数は百は超えている。

規模としてはそこそこといったところだろうか。

「気は弛《ゆる》んでおりますな。鎧袖一触に蹴散らせるでしょう」

「正攻法じゃ難しいからね、後で謝らなくっちゃ」

トッドとライエンバッハは岩陰に隠れ、集落の様子を観察している。

この場にいるのは二人だけで、ハルトたちには少し離れた場所で待機してもらっていた。

今頃ガールーは、ハルトの警護をしながら強化兵装に身を包んでいる筈だ。

今回は初めて遭遇したギルの時とは違い、数に圧倒的なほどの差がある。

まともにやりあえば、トッドたちにもしものことがないとは限らない。

なので少々卑怯《ひきょう》ではあるが、奇襲でことを済ませてしまうつもりだ。

申し訳ない気持ちもあったが、ガールーの話ではトティラも夜討ち朝駆け程度は平気でするらしいし、こちらも手段を選んではいられないのだ。

「やっぱり上の方に陣取ってるんだね」

「戦いというのは、基本は高台を取った方が有利ですからな」

基本騎兵同士の騎馬戦が多い山の民にとって最も重要なのはその機動力である。

相手の速度を殺し自分たちの速度を上げるため、傾斜があるところに居を構えるのは道理に合っているだろう。

それに弓の当てやすさも、場所の高低に大きく影響を受ける。

他の氏族が来た時に確認することもできるし、本来なら高地の側が有利に進むのだろう。

相手がトッドたちのように、二人で敵地に直接乗り込むようなバカでない限りは。

「準備はいい？」

「いつでも」

「じゃあ行こっか」

ピクニックにでも出掛けるように、トッドたちは岩陰から飛び出した。

そして足を曲げ力を溜め、大きく跳躍する。

ドスンと大きな音を立てながら、二人は集落の入り口付近へと着地することに成功した。

「て……敵襲！　敵襲ーっ！」

トッドは大剣を抜き、驚きながらも山刀に手をかけた戦士を袈裟《けさ》斬りにした。

体は強引に二つに断ち切られ、上下に歪に分かれて地面へと落ちる。

その姿に山の民たちは驚き、慌てふためいている。

「やっぱり人相手だと過剰だな……こっちの方がいいか」

両手で構えていた大剣へ魔力を通すと、トッドの背丈ほどもある大剣が真ん中から二つに割れる。

可変分離式大剣、それがこの大剣『クサナギ』の正式名称だ。

原理としては簡単で、クサナギは元々二本からなっている。

魔法で強化させくっつけて大剣として扱っていたそれを、分離させて本来の姿に戻したに過ぎない。

クサナギには正中を通る一本の円柱があり、そこにハルトが製作した魔力回路が刻まれている。

その部分を支柱として、嵌《は》め込み一本の剣へ合わせられるよう刀身が作られているのだ。

元々クサナギは、対機動鎧戦を見越して作っていた武装の一つである。

武器としては大き過ぎ、人相手に振るうにはあまりにも過剰が過ぎ、加減が難しい。

今の一撃も本当なら死なない程度のつもりだったのだが、結果は胴体と脚部が泣き別れに終わってしまっている。

クサナギは二振りの剣、『ムラクモ』と『オニワカ』へ分かれてシラヌイの両の手に握られた。

少し離れたところから飛んでくる矢を、ムラクモを振るって打ち落とす。

今では見てから反応することも十分にできる。

高過ぎるシラヌイのスペックに、体が慣れ始めているのだ。

「矢を……撃たれてから防いだぞ」

「臆《おく》するな！　所詮は鎧、継ぎ目を狙えば問題は――」

「一応それでも、大丈夫だったりっ！」

近づいては斬り近づいては斬り、なるべく殺さないように気を付けながら相手の腕や足を狙って攻撃を加えていく。

指揮官らしき男は果敢に攻め立て、シラヌイの補強されていない部分へ山刀を差し込んだが、そこにあるのはレッドオーガの筋肉だ。

当たり前だが攻撃は届かず、お返しにトッドは彼の頭を拳で軽く殴った。

頭が軽く陥没し、ドッと鈍い音が鳴る。

白目を剥いて倒れた彼を見て、兵たちの戦意は明らかになくなりかけていた。

「族長はどこにいる？　教えてくれれば命は助けよう」

「ひっ！　あっち、あの一番大きな藁葺《わらぶ》き屋根の家だ！」

素直に教えてくれたことに礼を言い、追いかけなければ殺しはしないとだけ伝えて先を急ぐ。

一直線に進もうとすると、その道を防ぐように山の民たちがぽつぽつと現れる。

ある者は物陰に隠れ、またある者は武器を握って正面に位置している。

彼ら全員を相手にしては、族長に逃げられてしまうかもしれない。

「僕は上から行くから、殺さないように手加減してあげてね」

「殿下とは違いますからね、上手くやりますよ」

「言うね、それじゃあ任せたよ」

軽口が叩けるような関係になったことに頬をほころばせつつ、トッドは大きく跳んだ。

前方に空を駆けるように跳んでいき、皆の度肝を抜くような速度で前へと進む。

「撃てっ、撃てぇっ!!」

放たれる矢はシラヌイの大きく後ろへ飛んでいき、命中するものは一つとしてなかった。

弾丸のように発射されたその体は勢いそのまま天幕の一つへと飛び乗る。

一番頑丈そうだった骨組みのしっかりした天幕を選んだつもりだったが、シラヌイが乗った瞬間に大きくたわみ、中の支柱が軋《きし》みを上げた。

天頂部に右足をつけて、再度跳躍。

片足の力だけでは先ほどのような大ジャンプはできなかったが、それでも目的の小屋まで一息の距離に詰められた。

「近接戦闘で……」

「それは無謀だよ」

三人の男が近づいてくる。

皆が頭に、赤い鳥の羽の着いた帽子を被っていた。

ホウの氏族の中では有名な戦士なのか、後ろに置いてけぼりにされた山の民たちがにわかに活気づく。

「我の名はバルゥ！　名を名乗れ悪鬼！」

「……トッドだ。今日から族長の座は、僕がもらう」

「ほざけ！　一斉に行くぞっ！」

バルゥが前から、残る二人は左右に分かれて走り出した。

三人で半包囲をしようとする動きだ。

再度二剣をクサナギに纏めて薙ぎ払うには時間が足りない。

まずは最初に接近してきたバルゥの剣をムラクモで受ける……振りをしてそのまま振り抜く。

「なっ……なんだとっ⁉」

シラヌイの馬鹿げた力は、本来なら押し切る筈のバルゥの剣を押し返し、そのまま体に傷をつけた。

剣がぶつかり合う衝撃で、彼の体が大きく後ろへ吹っ飛んでいく。

これであと二人。

二人は息を合わせて、同時に剣を放ってきた。

高さの揃った、息の合った攻撃だ。

人間には不可能な強引な制動で、体を引き戻す。

そしてその攻撃を左右の二剣で受けきった。

どちらの攻撃も自重の乗った良い一撃だったが、それではシラヌイの力には敵わない。

二人とも攻撃を跳ね返されたことでのけぞり、隙ができた。

一瞬のうちに右の男は腹を、左の男は脛を傷つける。

呻《うめ》く二人を放置して、さらに前に進む。

後ろからの声は、どこか小さくなっていた。

恐らくは、ライエンバッハがしっかり役目を果たしてくれているのだろう。

小屋までダッシュで駆けるが、もう矢は飛んでこなかった。

シラヌイの体が風を切る音だけを聞きながら、目的の場所へ到着。

このまま攻撃をしようかとも思ったが、どうせなら派手にいこうと思い、一気に魔力を流す。

そして剣を背に差し直し、跳び上がった。

宙に浮きながら、両手を重ね合わせて拳を合わせる。

小屋の屋根へ飛び乗ると、大きく振りかぶった一撃を小屋へ叩きつける。

ドォォン！

シラヌイの打撃は屋根を一瞬で陥没させた。

衝撃が内部へと伝わっていき、小屋がメキメキと音を立てて沈んでいく。

屋根から下りて剣を構え直すと、中から叫び声をあげながら何人かの女性たちが出てきた。

族長以外にも人はいることを完全に失念していた、トッドはシラヌイの中で嫌な汗を掻いた。

(藁葺きだから大丈夫だと思うけど……そんなことも忘れるくらい、頭に血が上ってたのか。まだまだだな)

女性たちと一緒に一人の男が出てくると、耐えきれなくなった小屋が完全に崩壊した。

恐らく族長と思われる男は、怒り心頭といった様子でトッドのことを睨んでいる。

「族長、恭順を誓うなら命までは奪わない」

「――俺の首一つで手を打て。こいつらを死なすな」

「……残念だが、断る」

「なんだと……貴様っ、そこまでの力があるにもかかわらず！」

氏族ごと皆殺しにされると思ったからか、自分一人では分が悪いことを承知の上で、族長は目を血走らせながら走ってきた。

もちろんだが、トッドに族滅をするつもりはない。

自分の首一つで、他の山の民を安堵しろ。

そんな言葉を、もし自分が彼の立場だったなら出すことができるだろうか。

トッドは笑いながら族長であるホウへ肉薄し、その首に剣を――、

「……どういうつもりだ？」

ピタリと当てた。

薄皮一枚を裂き、ムラクモの刀身が薄く赤みがかる。

力加減は、我ながら良くできていると自画自賛するほどに絶妙だった。

「僕らは草の民……つまりはここの外から来たんでね、君たちとは流儀が違うんだ。だから僕らの流儀に従ってもらうよ」

「ほう、俺たちを……どうすると？」

剣呑《けんのん》な顔をしているホウを見て、恐らく碌《ろく》でもないことをされると勘違いしてるんだろうなぁとのんきに考える。

本当なら殺してしまった方が早いのだが、トッドはホウのことがかなり気に入っていた。

だから適当に理屈をこねて、山の民の流儀から外れても彼を生かそうと思ってしまったのだ。

「僕の故郷では、取った駒は己の仲間として使う。だから僕はホウ、君のことも仲間として使うよ。族長は僕になるけど、それ以外は何一つ変わらない……いや違うな、前よりもずっと豊かな生活になることを約束する」

「――その言葉に、二言はないな？」

「ああ、君たちの祖霊と僕の弟妹たちに誓おう」

「……そうか」

トッドは首筋から剣を離し、勢いよく振って血を飛ばした。

そして二つの剣を重ね合わせ、魔力を流し込んで元のクサナギへと戻し腰へ差す。

いきなり武装をしまった様子を見て、怪訝《けげん》そうな顔をするホウ。

トッドはそんな彼へ笑いかけながら、

「ほら、早く皆を諌《いさ》めてよ。君は僕の仲間になったんだ、できるでしょ？」

「――はっ、人使いが荒いことだな！　おいお前ら、剣を置け！　弓をしまえ！」

いきなり面倒を背負わされたホウは、不服そうな顔をしながらも元ホウの氏族たちの元へと向かっていった。

ホウには酷なことをしたかもしれない。だが何事も命あっての物種だ。

とりあえずトティラをなんとかできればもっと自由裁量とか増やすから、と内心で謝りながら、トッドは、皆が殺されぬよう気を配るホウの大きな背中を見つめる。

すると戦闘が収束したのか、ライエンバッハがスッとこちらへ近寄ってきた。

口元が見えぬよう山の民たちから背を向けながら小声で、

「良いのですか？　上を潰して全てを手に入れるのが山の民流では？」

「だったら上ごとひっくるめて取るのが王国流さ」

「今後の火種になるやもしれません」

「大丈夫、トティラさえいなくなれば山の民は数年は安定するから。その間に機動鎧が開発されれば、即時潰せるようになるよ」

ライエンバッハとの会話は、時折問答のようになることがある。

トッドはそれを、彼なりの教育のやり方なのだと考えていた。

「そうですか、では御随意《ずいい》に」

その証拠に彼は、持論を述べるでもなくトッドが答えを出すとそれ以上は何も言わなくなる。

この戦乱の世だと悪癖にもなりうるのかもしれないが、有能な人間はなるべく殺してしまうより活かしたいと考えるのがトッドの性分だ。

反乱の可能性などを考えても、メリットが多いのならと仲間に引き入れたくなってしまうのだ。

だが今はそれでいいとも思う。

トティラの軍勢相手に、頼もしい仲間は一人でも多い方がいいからだ。

こうしてトッドは、ライエンバッハと二人だけでホウの氏族を落とすことに成功した。

そしてトッドが族長となってもホウは生き残り、トッド直属の精兵として生きていくこととなった――。

◇

「うんうん、流石僕が開発したシラヌイだ！　損傷もなく綺麗《きれい》なまま。んー、すべすべだぁ！」

ホウの集落を落としたので事前に決めていた通りに狼煙を上げようとしたトッドは、ハルトたちが自分たちが最初に隠れていた岩陰にやってきていることに気付いた。

ハルトが命よりも自分が開発した武器のことの方が大切な研究バカであるとは分かっていたが、どうやらそれでもまだ見積もりが甘かったらしい。

言いたいことはいくつもあったが、そんなことをしても暖簾《のれん》に腕押しなのは分かっている。

ため息を吐きながら、どうして止めなかったという批難の視線を隣にいる人間へ向けた。

そこにいるのは、いつものように助手であるレンゲではない。

「トッド様、すごかったです！　俺もいずれは、トッド様のような強い男になってみせます！」

視線などものともせず、ガールーはキラキラとした目でトッドのことを見つめていた。

その身には、事前の言いつけ通り強化兵装を身に纏っている。

魔力を使用して起動する際に点《つ》く胸部のスイッチは、既に光を放っていた。

二人とも、話をしようとしてもまったく通じない。

どうやらガールーも、ハルトと同様随分と都合のいい耳を持っているらしい。

何を言っても無駄だと分かったので、とりあえずガールーと新たに仲間になったホウ、そしてシラヌイにべったりなハルトを引き連れて無事な小屋へと入る。

無論後ろには、ライエンバッハを引き連れたままでだ。

不思議なことに、ホウが生きたままにもかかわらず山の民たちの反応はすこぶる良好だった。

それだけ、彼への信頼が篤いということなのかもしれない。

「ホウはトティラという族長を知っているか？」

「無論だ。山の民でヤツを知らぬ者などいない」

ホウの言葉遣いは、族長として敬意を表する他の者たちとは違っていた。

ライエンバッハは無言で剣に手を添えようとしたが、トッドはすぐにそれを制す。

口から出る言葉よりも、腹の中の気持ちの方がよっぽど大事だからだ。

一度認めると言った以上、ホウがそれを違えることはない。

それが分かっているのなら、他の問題など些細なことだ。

「ここはまだ連峰の西端だが、トティラの力はどの辺りまで及んでるか分かるかい？」

「東端……正確に言うと第七連山のアッティカ山から、大体第五連山のナルプの辺りまではあいつの勢力下だ。どうやらナルプの岩肌とそこに居を構える氏族たちに時間を取られているらしいな」

ホウの説明は以前ハマームに聞いたものやガールルーから得たものよりも詳細で、理路整然としていた。

どうやらトッドたちがトティラと戦おうとしているのを理解しているらしく、そのために必要な知識を選別して教えてくれるのだ。

エルネシア連峰は、七つの山で構成されている連山である。

西側からニング・マーブ・ソウト・シーラ・ナルプ・ガル・アッティカの順に並んでおり、東へ行くごとに温度が下がっていく。

そこからさらに東へ向かうとサウスアーバン氷河へ辿り着き、さらに東へ向かうと山の民たちが追い出された六王国連合という国へ辿り着く。

国力としてはリィンスガヤ・リィンフェルトに劣る小国である。

騎馬民族の血を色濃く継いでおり、その政治体制は国を作る際に尽力した六つの氏族を六家とし、彼らによる合議制が敷かれている。

どうやらトティラに連合とことを構える気はないようで、あくまでもエルネシア連峰全域を手中に収めようとするに留めているようだ。

「氷河を渡り馬が使えなくなれば、山の民はただの軽装の弓兵と変わらない。最大の武器である機動力を奪われては、六王国連合相手に勝ちの目はない。それだったら地続きになっている王国を攻めた方がまだ可能性がある。山の民は戦い大好きな戦闘民族だ。兵士がたくさんいて、戦争をふっかけられる国が近くにあったら、そりゃ次に何をするかは分かるよねぇ」

「殿下の危惧は正確でしょう。トティラが仮に連峰全域の山の民を手中に収めたとすれば、圧倒的な物量の騎兵が王国へ襲いかかることになる」

ライエンバッハとしては冷や汗を掻く展開だ。

山の民が統一されかけているなどと言っても、王都の連中は誰一人として信じようとはしないだろう。

彼としても現場を知らなければ、そうやって笑っている人間の一人だったに違いない。

無論、連合や山の民のことを知らなかったわけではない。

しかし王国では山の民を蛮族とし、小規模で緩やかな連帯を持つ部族としか思っていない。

ある程度の頻度で行われる略奪も、その規模としては村が数個潰《つい》える程度だ。

別段痛手にはなっていないため、目の上のたんこぶではあっても放置せざるを得ないという状態だった。

彼らへ兵を向けている間に、リィンフェルトから攻め入られれば劣勢は免れないからだ。

山の民が一つの集団となるなど、国王や公爵家のような国の重鎮たちですら考えてはいなかっただろう。

（そう――ただ一人、殿下を除いては）

ライエンバッハが見据える先で、トッドはホウたちと第二山へと向かうか、周辺の氏族を吸収していくかを話し合っている。

ガールーは今すぐにでもトティラの元へ向かうため第二山のマーブ山へ向かいたがっており、逆にホウは今すぐに使者を出し緩やかな連帯を敷くべきだと説明をしていた。

「ニング山では比較的大規模なホウの氏族が、新たにトッドの氏族として生まれ変わったのだ。俺と交友のある族長たちの中にも、トティラの脅威に怯《おび》える者は多い。我らが彼らの光になれば、戦わずしていくつかの氏族を併合することも可能だろう」

「本当に？　ならそっちで行こうか。でもあんまり時間はかけられないよ」

「任せろ、うちのやつに一人駿馬《しゅんめ》を扱うことにかけては右に出る者がいないヨイという男がいる。あいつなら二日もあれば、周囲一帯へ布告を出すこともできるだろう」

ライエンバッハは王を守る親衛隊の団長でありながら、今は国を離れ任務に従事している。

その理由は、彼が王からトッドのお目付役を命じられているからだ。

もし何かあれば連れ帰ってこいという命令を、彼は何があっても遂行する気でいた。

トッドは既に貴族たちからの評価も芳しくなく、王位継承レースのレールから外れている。

だがライエンバッハは、世間からの評価と実際の人物が乖離《かいり》していることを知る、数少ない人物の一人だ。

強化兵装に魔道甲冑、そして他国から技術者を招いて完成させた強化重装シラヌイ。

これらの兵器は、恐らくは戦場の在り方を変えてしまうものだ。

トッドとは違い、ライエンバッハにこれから先の未来は見えてはいない。

だが彼にも時代のうねりが、変革の時が今にも近づいているという漠然とした認識があった。

新兵が騎士団長に勝てるような兵装が何をもたらすのか。

それは分からないが、恐ろしい時代がやってくるのは疑いようのないことだ。

現にライエンバッハは、未だ十二歳の子供でしかないトッドと戦い、既に五分まで持ち込まれている。

『騎馬を超える機動力を持つ兵器を開発すれば、騎馬は廃れていく。だから山の民を食い合わせ、彼らの地力を削り、時間を稼ぐ。そうすればその間に、王国は山の民を歯牙にもかけぬほどに成長できるから』

トッドが以前言った言葉を、ライエンバッハは今でも覚えていた。

最初山の民たちの住まうエルネシア連峰へ行くと言った時は、ただ蛮族相手に自分が作った兵器を試したい子供心だとばかり思っていた。

だが我らが向かった先では、山の民にトティラなる新たな王が誕生しかけていた。

ただ彼らが全氏族を完全に掌握しきっていないところへ我らがやってくることができたため、山の民を吸収している自分たちが対抗勢力として伍《ご》することができている。

（これら全てが殿下の手のひらの上のことだった……というのは流石に考え過ぎだろうが）

しかしこれだけの現状を生み出すことができているのは、間違いなくトッドの力。

蔑《さげす》まれようと馬鹿にされようと体と心を鍛えてきた、その成果である筈だ。

「トティラの全軍が何人程度かは分かる？」

「騎兵が三千、有事の際は老幼徴用して五千といったところだ」

「……思ってたよりは少ないけど、でも厳しいな。多少無理をしてでも、大きめの氏族を落としていきたいね」

「ここらで一番デカいのはナラの氏族だな。規模は五百前後で、俺らのところの倍以上ある」

「僕とライを鏃の尖端《せんたん》に見立てて、騎兵突撃しようか。なるべく被害は少なく、族長だけ倒せればいいから」

王族という自由の制限された身の上にもかかわらず、次々と革新的な発明をする発想力。

誰からも理解されずとも己の道を進むその胆力。

そして有用とあらば、アキツシマの人間だろうと山の民だろうと自陣へ引き込むその度量の大きさ。

（トッド殿下は、王の器を持たれている。だがそれと同時に、王になるには致命的な欠陥を抱えていらっしゃる）

トッドという人間は、自分が正しいと思ったことを周囲の賛同を得ずに行ってしまう。

そして己が正しいと自分の中で理論が完結してしまっているため、彼の持つビジョンを他者が共有することができないのだ。そしてトッドには、それをどこか当然のこととして受け止めている節がある。

彼についていける人間は、鬼才のハルトや、何があろうと後をついていくライエンバッハのような特殊な人柄や事情の人間に限られてしまう。

トッドは皆に一つの夢を見せなければならない王に、あまりにも向いていない。

しかも本人が即位に興味がないどころか、忌避すらしている有様だ。

エドワードを王にしようとしているのは知っていたが……昔からトッドを見てきたライエンバッハからすると悩ましいところであった。

トッドは自由だからこそ、何者にも縛られぬ柔軟な発明や発想を生み出せる。

彼の欠陥は、そのまま彼の魅力でもあるのだ。

恐らく自分は、その引力に惹かれてしまった人間の一人なのだろう。

そう述懐してしまうほど、ライエンバッハはトッドのことを、憎からず思っていた。

「ねぇ、ライ」

「……なんでしょうか、殿下？」

昔のことを思い起こしていたせいだろうか、悩みながら考えていたライエンバッハの目がぼやける。

自分を呼ぶトッドの姿に、まだ子供だった頃の彼の面影が重なった。

トッドがまだただの子供で、強化兵装などが開発されるよりもずっと昔。

ライエンバッハはトッドに言われるがまま、彼のことを叩きのめしていた。

国王陛下には何度も叱られたし、王妃には罷免《ひめん》させられかけたこともある。

当時は冷や汗を掻きながら真っ青になっていたが、それも今となっては良い思い出だ。

『僕はいつか、ライより強くなれるかな？』

『なれますよ、きっと。殿下は誰よりも強くなれます』

当時の言葉は、あまり深く考えて出たものではなかった。

弱っちい王太子に使った、おべっかと言ってもいいだろう。

だが、あれから随分と年月が経った。

貧弱で聡明だった殿下は、足りないものを補う術《すべ》を学んだ。

対し自分は既に己の限界が見えてきており、団長の座から退くのもそう遠い話ではない。

若き力は自分を追い越し、さらに大空へと羽ばたこうとしている。

ライエンバッハにとってトッドとは、ただの王族ではない。

お守りしなくてはならない殿下であり、自分が最も多く手合わせをしてきた弟子であり、王国の明るい未来そのものでもあった。

そして……密かに実の子供のように思っている存在でもあったのだ。

言えば不敬になるので、その内心は決して表に出されることはない。

しかし彼にとってトッドは、家を継ぐために連れてきた出来の良い養子よりも、はるかに愛《いと》おしい存在だった。

「また一番危ないところに出るけど、ついてきてくれる？」

出来の悪い子ほど可愛らしいとはよく言ったものだ。

バカと天才は紙一重。

王子にもかかわらず自重しない彼は、果たしていったいどちらなのか。

少し考えてから、別にどちらでも構わないかと思い直す。

我が忠誠は玉座に。

そして我が忠義は、国王陛下に。

しかし、このわずかながらの気持ちは……トッド殿下、あなた様のために。

「お供いたします、殿下」

ライエンバッハの変わらぬ態度を見て、トッドが笑う。

それを見て彼は不覚にも、泣きそうになってしまった。

立派になられて……そんな気持ちを押し殺して、彼は胸に手を当てて最敬礼の姿勢を取る。

二人の関係は親兄弟を除けば、他の誰よりも深い絆で結ばれていた。

◇

トッドはホウの勧めに従い、少しペースを落としてでも戦わずに威を以て麓にいる氏族たちを吸収することにした。

そしていくつかの氏族を纏め、本来の予定よりも二日ほど遅れてニング山を出立、マーブ山へと向かっていく。

ただ、ニング山も同様になるべく人員を減らさず進もうとしていたトッドたちに、ホウの氏族の連絡員からある情報がやってきた。

トティラたちが山の民で唯一馬に乗らぬ者たちのいるナルプ山の攻略に目処がついたというのだ。

これで彼はナルプ・ガル・アッティカの三つを落としたことになり、対しトッドたちは未だ連峰と王国の間に点在する集落と、ニング山を制圧したのみ。

基本的に各山とその麓の氏族の数は、岩肌で包まれ登ることすら難しいナルプ山を除けばさほど変わらない。

戦力の開きは、単純に考えれば三倍に近かった。

残る山はマーブ・ソウト・シーラの三つ、このうちの最低二つを確保しておかなければ、戦力的な優位が取られてしまうだろう。

トッドたちは今、岐路に立たされていた――。

「こちら側の兵は今のところ、合わせて千ちょっと。対して向こうはナルプを攻略した段階で三千五百くらい。流石に数が違い過ぎるよね」

「僕のシラヌイなら一体でも三千五百くらいなんとかなると思うけど」

「いや、流石に無理だって。シラヌイが無事でも僕が死んじゃうから」

シラヌイの性能は圧倒的だ。

相手が何か特殊な魔道具でも使わない限りは、機体に傷をつけることすら難しいのだから。

しかし、強化重装は決して使用者を無敵にする装備ではない。

強化重装を倒す手段もあるのだ。

その方法は、機体の内側にいる人間へ攻撃をすること。

火魔法で炙《あぶ》ったり、熱した油を隙間から入れたり、もしくは鈍器で内部へ衝撃を与えたりすることで、中にいるパイロットへダメージを通すことができる。

トッドは魔力が保つとはいえ、戦い続ければ息も切れるし疲れもする。

そこを狙ってそんな攻撃をされ続ければ、倒される可能性は決してゼロではない。

それに、トッドにはいくつかの懸念もあった。

ゲームではトティラは、山の民で唯一火魔法を第二階梯まで使いこなせるという設定だった。

トティラが魔道具を使わずとも、彼は純粋な戦闘力だけでもかなりの脅威になる。

狡猾《こうかつ》な彼の性格から考えると、シラヌイの攻略法を思いつく可能性もある。

「本国へ応援を頼みますか？　王国騎士団でも、警護が主な任務である第三なら回してもらえるかもしれません」

「できることなら、救援はさせたくないんだよね。本国を少しでも手薄にしたくないから」

リィンフェルトとリィンスガヤは、かつてリィンという大国だった。

しかしある時、国王が領地を兄と弟に真っ二つに分けたことで不満が爆発。

彼ら兄弟はお互いが自身を王と名乗り、二つに割れて別国になってしまう。

そのためどちらともが、隙を見つけては乗り込んでかつての大国の栄華をと考えているのだ。

ゲーム知識からするとここでリィンフェルトが大規模な兵数で攻め込んでくる可能性はない筈だが、彼の国はこちらの動揺につけ込んでくるくらいのことは平気でやる。

できることなら、なるべく他の人員は使わずにやってしまいたいところだった。

「数の劣勢は、質で補うしかないか……強化兵装をあるだけ配るのは最後の手段だけど、マーブは最低限攻略したいな」

情報漏洩の観点から考えると、強化兵装は信頼できる兵にだけ配りたい。

だがここまで差が開いてしまうと、流石にもう少し大胆に配らなければ戦力的に厳しいかもしれないと思い始めていた。

そのせいであちら側に兵装が渡ることを加味しても、やる必要がありそうだ。

族王トティラ……やはりというか、一筋縄ではいかなそうな相手だ。

残虐で、狡猾で、そして山の民というよりかはトッドたちのような考え方をする男。

やつは勝つためになら全てを――。

「――いや、そうか。何も手立てがないわけじゃないな」

「どうした、何か手があるのか？」

ハルトの調査により、ホウは微量ながらも魔力を有していた。

そのため彼は現在、魔法使い用の強化兵装に身を包んでいる。

黒いボディースーツに鍛え上げられた肉体が浮かび上がり、見た目が以前にも増してゴツくなっている。

「ガールー、トティラのやり方は山の民の反発を買っているよね？」

「それはもちろんです。彼らは夜討ち朝駆けは平気でするし、戦の作法を守ることもせず、女や食料をありったけ強奪していきます。巫女《みこ》様の言葉は蔑《ないがし》ろにするし、祖霊や山への感謝を忘れてもいます。だから反感を持っている人間は多いですよ。ただ、力が圧倒的だから反抗ができないだけで」

現状、トティラの支配は決して盤石とは言いがたい。

彼は兵力は多くとも、その人心までは掌握しきってはいないのだ。

強引に氏族を併合してきた弊害が出ていると言っていいだろう。

何せガールーを始め、ホウや他の氏族たちの中には彼への反感を隠そうともしない者も多いのだから。

だからこそ、そこを攻めるポイントにする。

兵ではなく兵とその家族の心を攻めるのだ。

シラヌイは無敵だが、その内側のトッドは決して最強ではない。

つまりどれだけ外側が強力でも、その内側もそうだとは限らないのである。

会議の内容とは関係ないシラヌイの話をハルトがしてくれたお陰で、やり方を思いつくことができた。

「ホウ、対して僕たちはどうだと思う？」

「無論反感は買っている、何せお前たちは明らかに山の外で生まれた草食みだからな。だがトティラと比べれば程度は小さい、俺たち山の民に合わせようとする意思があるからだ。確かに俺たちへやった奇襲は正道からは外れていたが、実質ほぼ一騎駆けだった。尚武《しょうぶ》の気質がある俺たちにとっては、頼れる大将といった感じだろう」

山の民は、戦うことを良しとする。

族長、つまり自分の氏族たちを纏める者には誰よりも強い者が相応しいという考え方だ。

だがその強さとは、何も純粋な戦闘能力だけを意味しない。

強くなければいけないのは当然だが、そこには族長としての責務や、他の氏族への礼儀、祖霊への感謝、そういったものも必要だ。

自分たちを理解しようとしない上についてこようとはしないのは、山の民も王国民も変わらない。

トッドは、なるべく彼らの生き方に沿った言動を心がけてきた。

彼としては山の民の文化や風習を壊すつもりはないが故の当然のことのつもりだったが、どうやら今になってその郷に入りては精神がジワジワと効き始めている。

トッドは何度も山に祈りを捧げたり、死者を山の民の流儀で丁寧に土葬したり、時には天骨と呼ばれる死骸の頭蓋でやる骨占いなんかもやってもらったりしていたのだ。

元日本人である彼としては和を重要視しただけのことだったのだが、それが山の民たちにはかなり好意的に受け止められている。

それにホウの勧めに従って、直接的な武力ではなく威で周囲を従わせたのも大きい。

トッドという人間がただ強いだけの男ではないということは、山の民たちに伝わっていく筈である。

「僕らは無理矢理言うことを聞かせようとはしない。僕たちは山の民を尊重し、私財も家族も奪わない。そして今は、反トティラのため戦っている。それを全面に押し出して残り三山の山の民を引き入れる」

「今や山の民はトッドの氏族かトティラの氏族に纏まっていると言っていい。分はこちらの方が悪いが、やつの悪評は良くも悪くも響いている。そこにこちらの噂を、実際の戦士たちの口から聞かせることができれば、兵力ではない部分で引き込める者は多いかもしれん」

無論、現状はトティラ側の方が圧倒的に優勢に見えている筈。

そのため自陣営とトティラ陣営がぶつかったその戦後のことを考えて、あちらにつく者もいるだろう。

兵力的な問題は使う武器の違いによりそこまで大きくはないのだが、それを理解してもらおうなどとは思っていない。

だが良くも悪くも山の民というのはこちら側とは違う常識の下で生きている。

戦って死んだ戦士は祖霊の元へ向かうと信じている彼らにとって、死とは絶対のものではなく、死しても通す意地というものもある。死を恐れず、平気で自滅覚悟で特攻するようなやり方も、一つの戦法として立派に存在していたりするのだ。

山の民には自分たちの常識があり、だからこそこちら側から見れば平気で非合理な選択を取れる。

そんな彼らにだからこそ、各陣営の色の違いというのが大きく出てくれる筈だ。

トッドは山の民たちと少なくない時間を過ごすうちに、そう考えるようになっていた。

山の民としての純朴で好戦的、しかし先祖や家族や同族を何より大切にする気質は、何もトティラの側についているからといって急に変わるようなものでもない。

故にその刃を交えぬ攻撃は、敵の元にも届きうるのだ。

「僕としてはさらにその先、向こう側の陣営にまで声を届けてしまいたい。そうすればトティラがこちらに向ける戦力を削れる」

「ふむ……色事や食事などを厳しく制限された国民が、もし縛られずに自由の保証がなされている隣国を見ればどうなるか。中にはこちら側に寝返ろうとする者もいるでしょうな。王に反旗を翻《ひるがえ》そうとする者も現れるやもしれません」

「あらぁ、殿下も人が悪いですねぇ～。何が山の民の流儀なんだか。やってることは内乱の誘発と人民の離心とか、テロリストも真っ青ですよ。最初からこれを狙ってたってわけですねぇ」

「……別に狙ってやったわけじゃないよ？　いや本当に」

こうなるのを全部見越してやっているかのように言われたが、トッド本人としては本当にそんなつもりはない。

ただ前世の記憶から基本的には今ある文化を尊重しようという考えを持っていたから、山の民たちに無理をさせなかっただけなのだ。

歴史を見ていけば、消えてしまう文化もいなくなってしまう民族もたくさんいる。

恐らく今後隆盛を誇ることはないであろう山の民の文化を、しっかりと知っておこうと考えたのがこの幸運を引き寄せたのだ。

だがどうやら、ハルトやライエンバッハたちは全部自分が手のひらの上でやっていたことか何かだと勘違いしているらしい。

まったくとんでもない誤解だ。

自分はトティラが果たして本当に頭角を現しているかどうかも分からぬまま割と臨機応変に立ち回っているだけだというのに。

「……何かが来ます」

にこやかだったライエンバッハの顔が真剣なものに変わり、彼は脇に抱えていた兜を装着し直した。

いったい何が……と思っていると、彼が気付いたのに少し遅れてトッドも地面の振動を感知する。

彼もシラヌイに魔力を流し、急ぎ話し合いの場であった家屋から飛び出した。

外にいた山の民たちも、何かを感じとり各々《おのおの》が手に武器を構えている。

中でも頭一つ高さのある、見張り台代わりの家にいる男が何かを叫んでいた。

「敵襲だ！　敵襲だ！」

「敵の数は!?」

「たくさんです！」

見張り番の声に、思わず舌打ちをしたくなった。

自分たちはまだ連山の二つ目にさしかかるところにいるんだ。

だがトティラたちも未だ五つ目のナルプ山を越えたばかりの筈。

トティラお得意の奇襲かとも考えたが、それにしてはあまりにも情報が早過ぎる気がする。

ただ山一つを制圧した程度の軍勢を、果たして彼がそれだけの脅威としてみなすだろうか。

だとしたら誰が……と考えて、もしかしてと一つの考えが浮かぶ。

まさかとは思うが……とトッドは聞いてみることにした。

「もしかして先頭集団に、僕らみたいな黒い服を着た人たちはいる？」

「います、数は四人ですが……もしかして、味方ですか？」

「そうか、すっかり頭から抜け落ちていたよ。彼らは味方、トッドの氏族だから決して手を出さぬように」

それだけ伝えると、見張り番が屋根上から下りて今のトッドの言葉を復唱して伝えていく。

興奮していた彼らが落ち着いていくのは早かった。

中には戦えないことを悔しがっているような人がいるのが、なんとも山の民らしい。

「………さーん！」

「殿下、何か聞こえませんか？」

ドドドドド、という魔物の群れが大行進をしている時のような地響きに似た音と、誰かの声が聞こえる。

トッドもライもその声の主が誰かは分からなかったが、あはっと楽しそうに笑うハルトを見て察した。

「本当に人騒がせな子だなぁ」

他の人が聞けばお前が言うなと怒られそうなことを、内心で思いながらハルトを見て首を上げて方角を指し示す。

「行ってあげなよ、折角だから」

「あはは……はい、行ってきます」

それだけ言うと、ハルトは飛び跳ねるように、というか強化兵装を使って本当に地面を跳ねながら集落の出口へと向かっていった。

トッドたちも彼の背を追って歩き、外へ出る。

そこには馬を走らせながら小規模ごとに纏まって行動している山の民たちと、彼らの先頭を走る仲間たちの姿がある。

「ハルトさあああん！」

「はぐぅぉうっ!?」

トッドがレンゲたちの成果を見渡すことができたのと、ものすごいスピードで疾駆しているレンゲがハルトに突撃したのは同じタイミングだった。

「は……ハルトさんっ!?」

「あはは、大丈夫だよ大丈夫。ちょっと肋骨《ろっこつ》とかが軋んでるだけだから」

「見せてください、今すぐ治しますからっ！」

「あ、やだ、ちょっといきなり服脱がせないでって……あ～れ～！」

素早く服を剥かれているハルトと、彼に久しぶりに会えてテンションがおかしなことになっているレンゲからは目を逸らして、トッドは姿勢をしっかりと正した。

それほど時間は経ってはいないが、三人ともまるで数年ぶりに会ったかのように顔つきがが変わって見える。

「久しぶりです、殿下。我ら親衛隊員ランドン、ミキト、スート三名、十五の氏族といくつかのはぐれた者たち合わせて九百五十名を引き連れ馳せ参じました。なるべく落伍者を出さぬよう気を付けたので、合流するのが遅れてしまい申し訳ございません」

ランドン、ミキト、スートの三名は強化兵装を身に纏っている。

彼らは馬に乗っていたが、今は下りてこちらへ敬礼をしている。

三人ともトッドと別れた時は、色を知った若い男たちといった感じだったが……男子三日会わざれば刮目《かつもく》せよとはよく言ったものだ。

戦いの経験がそうさせたのか、トッドには今の彼らが一端《いっぱし》の戦士になったように見えた。

「いや、全然大丈夫だよ。でも随分と多くなったね。確か麓の山の民って、全員合わせても数百人もいなかったような……」

「それなんですが……どうやら兵士の中には、向こう側からやってきたものが多いようで……」

ランドルが指さすのは、これからどうやって攻略しようかと考えていたマーブ山の方角だ。

マーブ山以東に住んでいる氏族なのかとも思ったが、どうやらそれも違うらしい。

説明を聞くと、彼らはどうやらトティラの支配下にあるナルプ以東の山からやってきた者たちとのことだ。

トティラやその取り巻きに追い出されたり、彼らのやり方に反発を覚えて家族一丸となって抜け出してきたような者たちの数が、王国と山の間に広がっていた氏族たちの数を既に超えてしまっていたのだ。

ランドンたちは少し戸惑いながらも、トッドの氏族として所属するならと彼らを迎え入れていった。

そして結果として、人数がここまで膨れ上がってしまったということらしい。

「彼らは、使えるのでは？」

「切り札だね」

ライエンバッハの言葉に頷きながら、トッドは強力な手札が一つ増えたことを喜ばずにはいられなかった。

恐らく山の民として譲れぬ生き方があるが故にやってきた彼らを、ランドンたちは上手いこと手《て》懐《なず》けている。

というかトッドに倣い、完全に山の民に染まった行動をすることで自分たちが味方であることをしっかりと認識させたのだろう。

その証拠によく見ると、ランドンたちは首に勾玉《まがたま》や魔物の牙みたいなものを通してあるネックレスを着けているし、彼らの馬の面倒を見ているのは見覚えのある女性ばかりだった。

ハマームと一緒に入ってきた、トッドに対して夜伽《よとぎ》を命じられていた女の子たちだ。

ランドンたちが手をつけた女性たち、と言い換えてもいい。

彼らがトッドの氏族として生活をしていること。

それ自体がトティラたちの陣営にいる山の民たちへの、弓と剣以外での攻撃手段となる。

かつて同じ氏族に所属していた者は敵の刃を大いに鈍らせ、彼らの言葉は大いに敵を揺さぶってくれることだろう。

氏族とは大きな家族であり、山の民の社会そのもの。

そして彼らがこちら側で問題なく生活ができているという事実が、こちらが決して山の民のことを蔑ろにしていないという証拠にもなる。

一石二鳥どころか三鳥にも四鳥にもなる有効なカードだ。

「はて、切り札とは？」

「後で話すよ。でもランドンもなかなかに手が早いんじゃない？　山の民の女性は、情熱的なんでしょ」

「はは、そうですね。これは後で言うつもりでしたが、私はエイラを娶るつもりですよ。帰ってからのことを考えると恐らくは妾になるでしょうが、それは彼女も了承しています」

「へ、へぇ……」

山の民たちとの酒の席の話で、浮気したら女房に刺されただとか、愛が重たいだとか聞いたことがあった。

だからからかうつもりで言ったのだが……どうやらランドンは、本当に山の民の女性に恋をしてしまったらしい。

貴族である彼が、王国で蛮族とされている異民族を嫁に取るのは障害も多いだろうが……常識もあるランドンのことだ、恐らく覚悟の上だろう。

トッドは山の民が今後の歴史で廃れていく者たちであることを知っている。

だから彼らの中でもトッドの氏族に属している者に関しては、なるべくその生活を尊重しながら活用できるよう気を配るつもりでいた。

だがこういう形で、山の民という民族が残っていくこともあるのかもしれない。

彼ら、彼女たちが王国民と子をなし、生まれた子が王国民として生きていく。

それなら続いていく家系の中には、確かに山の民の血が残っていくことになる。

トッドは生命の神秘の一端を垣間見たような気がした。

「じゃあ彼女たちやその仲間を守るために、勝たないとね」

「――ははっ、そうですな。トティラなんぞにこれからの私たちの未来を壊されてはたまりません」

トッドはこの土地を自分の領土としてもらい、家を分け王位継承権を放棄する心づもりなのは変わらない。

だからなるべくなら将来民となる者たちを殺したくはないし、彼らには幸せに暮らしてもらいたい。

というかそうしなくては、恐らく王国の介入で山の民の生活はズタズタになってしまうだろう。

そうすれば流さなくていい血を流すことになってしまいかねない。

それに山の民が忠誠を誓うのは、王やエドワードではなくあくまでも自分だ。

そんな者たちを国軍として使うことは不可能に近いし、彼らだって納得してはくれない。

だからこそ彼らを私軍として活かしつつ、彼らの生活を壊さないよう気を配りながら開発を続ける。

その手綱を取れるのは、恐らく王国と日本という二つの常識を持つトッドだけである筈だ。

（……でも未来のことより先に、今をどうするかを考えなくちゃね）

いくつか腹案もあるトッドだったが、負けてしまえばそれらは全て水の泡になってしまう。

とりあえずトティラを倒さなければ、自分たちにも王国にも未来に影が落ちる。

トッドは再度ランドンたちを歓迎し、今日の進軍はやめ飲み明かすことにした。

酒の席で話をして知ったことだが、どうやらミキトとスートの二人は、複数人の山の民の女性たちと関係を持っているらしい。

一夫一妻制の王国民の頃の面影はどこへやら、もはや彼らは完全に思考が山の民と同化していた。

ランドンはエイラという娘一筋らしいので、親衛隊員の中でもそこら辺には差があるようだ。

ただ色に溺れていただけではなく、皆が皆山の民たちの風習や戦い方についてもしっかりと理解を示していたのには驚いた。

女は男を変える、そんな使い古された言葉はどうやら事実だったらしい。

新たに合流した者たちは、トッドがまだ十二歳であることに驚きつつも、自分の族長として認めてくれた。

だが当たり前だが、中には舐めてくるやつらも一定数いた。

そのため酒に手をつけていないトッドとライエンバッハが模擬戦を見せ、しっかりと武威を示した。度肝を抜かれた者たちは、皆が皆一様にトッドに対し忠誠を約束したのである。

無論、ただ酒の席で親睦を深めて手を拱いているだけではない。

ホウの選りすぐりの連絡員を数人マーブ、ソウト、シーラへと派遣し交渉をさせた。

そして強行軍にはなってしまうが、ランドンが連れているナルプ以東に住んでいた者たちのうちの一部を、元いた氏族へ戻すことに決定した。

ランドンたちやそれより上の族長であるトッドに心酔している者だけを選び、彼らを内側にある時限爆弾として使うつもりだ。

次の日、出立する頃にはマーブ山に出していた先触れのお陰で、二つの氏族がこちらに恭順を示しトッドたち側についてくれることとなった。

以前のように麓や離れたところにいる氏族たちを吸収している時間はなかったので、制圧は面ではなく点にして最速で向かう腹づもりであった。

ただ既にトッドの氏族は、マーブ山にいるどの氏族よりも大きく、そして強くなっていた。

実際に大軍の行進を見た各氏族たちは、皆が一様に降伏し併合されていく。
トッドたちは急ぎソウト山へと向かった――。

第五章　目指すは打倒トティラ！

エルネシア連峰、その七つの山の連なりからなる場所の東から三つ目、第五山であるナルプは山全体が一つの岩石のようになっている。

足場はどこもゴツゴツと硬く、傾斜は急勾配だったり平らだったりとバラバラで、周囲の山と比べるとその形はかなり歪だ。

ぺんぺん草も生えないほど荒れているその山は、しかし大地が生み出した天然の要害であった。

水はけが悪い足場は天然の堀となり、切り立った崖は矢を射かけるのにちょうど良い足場となり、馬の通れぬ細く狭い通路は迷路のように人を迷わせる。

遠目に見るナルプ山は、赤く染まっていた。

近くへ寄れば血の臭いが強く漂い、それにあてられた野生の獣たちが興奮気味に近寄ってきている。

ナルプを染めた鮮血は、即《すなわ》ちそこに元々住んでいた先住民族の血であった。

長い間降伏せず、その攻略を手間取らせたことが、この惨劇の原因だった。

ナルプの天頂に近く、周囲の光景を見渡せる場所に一人の男が立っている。

彼は腕を組み、眼下の血溜まりを見て笑っていた。

そして次に顔を隣のシーラ山へと向け、さらにその先にある何かを見据えていた。

筋骨隆々とした大男は、戦装束である赤と緑の布を編んだ衣服に身を包み、腰には山刀を提げている。

頬には獣に引っかかれたような白くなった傷痕があり、黒い髪の生える頭皮にまで続いている。

よく見れば全身にも数えきれぬほどの戦いの跡が残っており、その風格は彼が歴戦の戦士であることを容易に想像させた。

「族王様、失礼いたします」

「何用か？」

「は……シーラ山の者たちへ降伏勧告を出したのですが、彼らはやってきた使者を切り殺し敵対する姿勢を露わにしたとのことです」

「バカなことを……祖霊なんぞに縋り、機会を逸するとは」

族王である彼の名はトティラ。

ナルプ、ガル、アッティカの三山を征服し、山の民中へその名を轟《とどろ》かせている男である。

トティラは常々思っていた。

自分たち山の民は、他の民族たちと比べ決して劣ってはいないと。

騎馬の技術、馴致《じゅんち》の技術、魔物を狩る技術。

誇るべきところはたくさんある。

(だというのに平原の民は自分たちを蛮族と蔑み、連合の烏合《うごう》の衆たちは敗者の末裔《まつえい》とのたまっている！)

トティラにはそれが許せなかった。

そして許せないのであれば、行動に移し、結果として示すしかない。

山の民は強い。

武力を以て、戦という場でそれを示すのだ。

世界に山の民あり、山の民に族王トティラありと凱歌《がいか》を流すために。

彼は己の故郷であるアッティカの方をちらりと向いてから、後ろを振り返る。

そこには何十もの戦士たちが膝を折り頭を垂れていた。

元はトティラの父親の代からいる者や、他の氏族の中でも一際有能な戦士たちを引き抜いて作った、親衛隊員たちである。

その中にはトティラの考えに共感し、彼の生き方に憧《あこが》れている者も多かった。

「祖霊が我らを守ってくれたことが一度としてあったか？」

「否、断じて否!!」

「夜襲は我らに天罰を与えたか？」

「否、族王の行動こそ即ち天意なり!!」

トティラは山の民たちの中で、ひどく開明的な考えを持つ者であった。

彼は戦士であるのと同時に、優秀な軍師でもあったのだ。

頭が良い分、彼は常々思っていた。

何故平原の民はあれほど富み、我らは痩《や》せ衰えた大地に坐さねばいけないのか。

その理由が祖霊の、そして祖霊が住まうとされる山々への信仰にあることは考えればすぐに分かることだった。

山から出ようとせず、一つ所に住もうとする硬直性が山の民の住む土地を年々貧しくする。

祖霊が見ているなどという理由でバカ正直に真っ正面からのぶつかり合いしかしないせいで戦士たちは無駄に損耗するし、略奪をしに行った者たちも平原の民に策で負けるのだ。

故にトティラは否定する、今まで山の民が築き上げてきたものの全てを。

そうしなければ、山の民に未来はないと彼は確信していた。

山の民の生活様式は他民族とは相容《あいい》れない。

ならばそれを破壊し、勝つために必要なものを一から作り上げねばならない。

草食みどもからでも学ぶべきところは学び、山の民たちを一つに纏め上げる。

そしてトティラの名を、恐怖と共に大陸全土へ響き渡らせるのだ。

「そういえば、シーラ以西の三山はどうなっている？」

「それが……」

「その首を落とされたいか？」

「ひぃっ!?　既にマーブ山はトッドなる者に制圧されております！　第三山へ向かった者は未だ連絡が取れておりません！　最悪を想定するのなら、既に制圧されているものかと！」

トティラは顔面蒼白《そうはく》になる連絡員の言葉を反芻《はんすう》していた。

彼は情報の有用性を何より知っている。

そのため既に自分とは別の支配勢力が山の民に生まれ始めていることは知っていた。

氏族の戦士と己を鍛え上げ、行動に出ることを決意してから三ヶ月。

怠惰な己の父を殺し族長となり、数を減らしては増やしつつトティラはここまでやってきた。

だがそいつは今までのトティラの努力を嘲笑《あざわら》うかのように、第一山ニングを瞬く間のうちに攻略し第二山マーブまでその手を伸ばしている。

男の名はトッド、詳細は不明だがなんでも相当の猛者であるらしい。

トティラとて山の民、本来なら強者の登場は嬉しいことではある。

だが今回の場合はまた話が違う。

というのもそのトッドなる人物は平原の戦士だからである。

トッドの部下の戦士たちもまた屈強であり、その圧倒的な力を用い彼は瞬く間に支配領域を広げているという。

自分が蹶起《けっき》してから動き出したそのタイミングの良さは、まるで何者かが裏で糸を引いているような不気味さがあった。

もしかすると、その人物こそが神が自分に下した神罰なのではあるまいか。

馬鹿らしいとは思いつつも、そう考えなかったと言えば嘘になる。

だが己は山の民の王、迷信を払い新たな礎を作る族王トティラである。

トティラは意識を戻して現状を分析し始めた。

（三山まで制圧されているとは思っていなかった）

彼の予測では未だトッドたちはマーブの辺りで氏族を拡大しているとばかり思っていたからだ。

進軍速度が上がっているのか、それとも何かしらの策を用いたのか。

なんにせよ想定外のことが起こっているのは間違いない。

「何があった?」

「それより先は私が。どうやら彼らは各山々に私たちと同じように降伏勧告を出しているようです。ですがその中身が、大きく異なっているらしく……」

諜報員《ちょうほういん》として働かせている戦士から出てきたのは、馬鹿馬鹿しくなるような話であった。

そのトッドという男は、山の民たちにこう触れて回っているという。

自分は山の民の文化を尊重し、この場所にいる限りはあなたたちの掟《おきて》にも従う。

平原の文化を押しつける気はないし、あなたたちは好きなように暮らしてくれて構わない。

だが山の民の文化を壊そうとする、トティラという男がいる。

彼を討つために、力を貸してはくれないだろうか。

ふざけるなと、族王となり落ち着きを得る前のトティラなら激昂《げっこう》していただろう。

情報を出した諜報員のことを殴り殺してしまっていたかもしれない。

(草食みが、山の民の文化を守る? それはいったいどういう冗談だ。そんな戯《ざ》れ言を本当に信じたのか。まったくいいように騙されおって。平原の民は狡猾だ、口車に乗せて騙すくらいのことはやってのける)

トッドに山の民が併合されれば最後、我らの文化・文明は跡形もなく消え、その上に新たな彼らの文化が築き上げられるだけだというのに、何故それが分からない。

激昂しそうになる自分を戒めながら、トティラは努めて冷静なフリをし続けた。

「それでやつらはほだされた、と？」

「はい。おまけに女性を奪わず、食料を供給すると約束をしているのも大きいようです」

向こうは山の民の厳しい食糧事情を見抜いている。

さらに国へ戻れば女もいるから、わざわざ奪う必要がない。

そういった即物的な部分は、確かに人を揺さぶるには適しているだろう。

文化云々などという美辞麗句より、そちらの方が切迫した問題だ。

トティラもトッドも好ましくはないが、どうせどちらかにつくのなら……とあちら側に傾いたのは想像に難くない。

もしかすると既にトティラの氏族に入った者たちの中からも、離脱者が出るかもしれない。

「やられたな……今の我らには、やつらと同じことはできん。武力ではなく交渉で引き入れるなら、兵の損耗もない」

「ですが一応、向こう側にも反発する者たちがいるようです。以前氏族を抜け出てきた者たちの一部から、こちら側に戻りたいという連絡が来ていると」

「ふむ、そういうこともあるか……草食みと意見が合わないこともあるのは収穫だ。元の氏族に戻してておいて構わん。ただある程度の事情聴取はしておけ。なるべく情報を吐き出させてから帰らせるように」

向こうも一枚岩ではない、ということだろうか。

やはり平原の民につくことを良しとしない者もいる。

トッドのやり方は穏当過ぎるため、ぬるいと感じる者もいるのだろう。

トティラは強権や恐怖を以て氏族を纏めている。

山の民の気質から考えれば、どちらかと言えば彼の氏族の方が好ましく見える筈だ。

「それと……」

「まだあるのか？」

「はっ！　――おい、あれを持ってこい！」

命令をされた戦士が急ぎテントの中へと入り、そして何かを持ってくる。

最初は喪を意味する黒い布かと思ったが、どうにも違う。

トティラは恭しく差し出されたその布に触れてみる。

ツルツルと滑るような肌触りは、未だ感じたことのない触感だった。

「これは……いったいなんだ？」

「トッドの氏族の戦士たちが使っているらしい兵器です。なんでも魔力を持つ者に持たせることで、比類なき力を発揮するとのこと」

「これが、兵器……？」

肌触りの良さそうな服にしか見えないこれが、兵器だというのか。

だとすればこれが、トッドが急速に支配領域を拡大させているその理由だと……？

普通の山の民であれば一笑に付して捨てたことだろうが、トティラは彼らの中では非常に開明的で、常識にとらわれない発想をする男だった。

彼は平原の民が使っていると言われているその兵器を、とりあえず着用してみることにする。

使うのと同時、体から力がわずかに抜けていくのが分かる。

どうやらこの兵器は、魔力を使用することで効果を発揮する類《たぐい》のものらしい。

トティラはある程度、魔法の心得がある。

以前平原からやってきた魔法使いに師事し、教えてもらった経験から火魔法であればかなり巧みに使うことができるのだ。

そんな魔法使いとしての自分が、警鐘を鳴らす。

使っている魔力はさほどでもないというのに、これはいったいどういうわけだろう。

不思議に思いながら、トティラは服を通して全身に力がみなぎっていくのを感じていた。

溢れるエネルギーの使い道が思い浮かばなかったので、とりあえず駆ける。

「――なっ⁉」

一瞬、一瞬だった。

瞬きにも満たぬほどのわずかな間で、戦士数人分もの距離を駆けていた。

続いて駆ければ、体は羽根のように軽くなっていることに気付く。

身体能力は明らかに向上し、ジャンプをすれば軽く成人した戦士の背丈よりも高く跳ぶことができる。

移動速度の次に気になったのは、攻撃力だ。

トティラは自らについてきてくれる精鋭たちと模擬戦を行った。

その結果は連戦連勝、しかも何度連続で戦っても息が切れることもない。

（こんな兵器があれば、その征服速度が異常に速いことにも説明がつく……どうやら草食みどもは、とてつもない兵器を生み出したようだな）

勝負をなるべく早い段階で決着させてしまう必要がある、とトティラは脳内で組み上げていた計画を前倒しようと決める。

トッドの下にいる兵士の全てがこの兵器を持っているわけではない。ということは未だこの兵器を量産するだけの体制は整っていないということだ。

であれば自らが山の民を一つに纏め上げてからすぐにリィンスガヤ王国へと進軍してしまえばいい。であればその勝利の女神は、自分たちに微笑《ほほえ》むだろう。

だがそのためにはトッドを倒す必要がある、とトティラは彼我の諸要素を頭の中に挙げ、どうすれば優位に立てるかと頭を回す。

山の民は闘争を楽しみ、戦を愛する。

抜ける者たちと入ってくる者たちで帳尻が合うとすれば、勢力はこちらに優勢。

だが大局を決めるほどの差ではない。

こうなってしまうと、ナルプを落とすのに時間をかけ過ぎたことがあまりに惜しかった。

トティラは歯噛みしながら、見えているシーラ山を見つめる。

彼の山の動向は、既に今まで以上に大きな意味を持ち始めている。

向こうは戦力を整えるために相当な速度で進軍を行っているらしい。

となればあちら側とかち合い、偶発的な戦闘が起こる可能性も考えねばならないだろう。

シーラを落とすことは重要だ。

今の自分たちが布陣しているのが天然の要塞《ようさい》であるナルプ、守るに易《やす》いがその分馬上戦闘ができぬという欠点もある。

諸々を加味した上でトティラは答えを出した。

「シーラを落とし、そのままトッドの氏族まで攻め入る。全人員に通達しろ。老若男女問わずありったけを動員、総掛かりだ」

「「――はっ!!」」

未だ数では自分たちの方が優勢。

そして山の民は騎馬民族であるが故に、防戦よりも攻戦を得意とする。

故にこの場面で最も強力なのは、数と勢いに任せた力押しの筈だ。

敵は山の民の文化を尊重するなどとのたまう平原の民。

それなら恐らく戦いは、両者の雌雄を一戦の下に決する会戦となるだろう。

トティラはかつてないほど大規模な戦いが起こることに身を震わせながら、命令を下達する兵士たちを満足そうな顔で見つめていた……。

◇

「平野で会戦か、予想通りだね」

トティラが自身の軍を引き連れてシーラ山へ辿り着くその前日、トッドは諜報員経由でその情報を耳にしていた。

山の民に情報漏洩などというものはないに等しい。

兵馬の数は分からずとも、いつどこに集落を出てどこへ向かうかくらいの情報は、難なく手にすることができる。

もっとも、それを伝達するためには行進する軍を超えた速度を出すため、全力で早駆けをする必要がある。

今頃情報を伝えに来た伝令兵は、泥のように眠っていることだろう。

「ナルプで籠城《ろうじょう》するって手もあったけど、それをやられなくて良かった。あんまり時間をかけたくないからね」

山の民攻略が始まってから、既にかなりの時間が経過してしまっている。

大きなイベントもそう遠くないうちに控えているのだ。

それら全てを乗り切るためには、山の民に使う時間は少なければ少ないほどいい。

「数はうちが二千ちょっとで、向こうが三千くらい。おじいちゃんとか連れてきたらもうちょい増えるかもだけど、今回殿下はそのつもりないんですよね？」

「うん、戦うのは戦士とみなされる十五歳以上の人たちだけでいく。子供とかに死なれちゃうと寝覚めが悪いしね」

今、話をしているトッドとハルトの視線の先では三人の人間が戦っていた。

ライエンバッハとガールー、ホウが一対二の形で模擬戦をしているのだ。

戦力差が大きくなり過ぎないように数に違いを設けているのだが、どうやらそれでもまだ開きがあるらしい。

使用している武器と防具の差もあるが、何より実力が離れ過ぎている。

「ふんっ！」

ライエンバッハの持つ大剣が振られ、ガールーが持つ剣が弾かれた。

がら空きになった彼の腹部に蹴りが刺さる。

ドゴッと鈍器がめり込むような音を立てながら、ガールーが遠くへ吹っ飛んでいく。

「次はこっちか」

ガールーとタイミングを合わせて攻撃をしようとしていたホウが、振りかぶる動きを止めて一旦静止する。

そして大きく後ろに下がり、距離を取った。

ライエンバッハは魔法はほとんど使えないので、あくまでも主な攻撃手段は物理攻撃だ。

前に駆け、汗を掻きながら息を荒くしているホウへ一息の間に近づく。

「魔法の炎矢《イグニス・サギタ》！」

だがその動きを読んでいたガールーは、既に受け身を取り立ち上がっていた。

彼は震えながらも弓を引き、ライエンバッハが移動するであろう彼とホウのちょうど間の位置へ魔法の矢を放った。

形成された炎の矢が、彼の狙い通りに吸い込まれるように飛んでいく。

だがライエンバッハの顔から余裕が消えることはない。

「威力が足らん」

彼はそのまま炎の矢を胸で受ける。

魔道甲冑は魔力により身体強化を鎧と全身へ付与することのできる鎧である。

しかし熱さはそのまま通るため、今彼の胸部は炎に炙られているのと変わらないだけの熱に襲われている筈だ。

だがライエンバッハは顔色の一つも変えずにそのまま前へ進む。

それならと前に出て攻撃のタイミングをズラそうとするホウを、振りかぶると見せかけて放った剣の柄《つか》による攻撃で吹っ飛ばした。

ホウが衝撃で後ろへ飛んでいくのに合わせてライエンバッハも前に駆け、ゴロゴロと地面に転んだところで、彼の喉元に大剣の切っ先を当てる。

「……降参だ」

ホウはそれだけ言うと立ち上がり、付着した土を手で払い落とした。

彼が着けているのは、貸し与えた強化兵装だ。

今回の戦いが全ての決着を付けると言っても過言ではないため、悩んだ末にトッドは強化兵装を山の民たちに放出することを決めていた。

無論ホウを始めとする元族長だった者たちの審議や審査を経てから渡しているが、それほど長い時間を一緒に過ごしたわけでもないために完全に信頼できているかと言われればそうではない。

そのため各氏族に渡すといった形ではなく、強化兵装を用いる戦士たちを一つの隊として、氏族とは別の単位で運用することにしていた。

隊の名は強化歩兵中隊、人数は今のところ二十九人だ。

強化兵装が三十個あったにもかかわらず人数が合っていないのは、ハルトが選別した山の民のうちの一人が夜更けに姿を眩《くら》まし、強化兵装を持ち逃げしてしまったからである。

その行方はてんで知れないが、トティラの側に寝返ったと考えれば、あちらに渡ってしまっていると考えた方がいいだろう。

トッドはかなりの確率で、トティラが強化兵装を身に着けてくるだろうと考えていた。

現状、トッドはシラヌイに乗っている状態であれば、強化兵装を着用したライエンバッハを相手に勝ち越すことができている。

手に渡ってからそれほど時間も経っていないから、流石に大丈夫だろうとは思うのだが……下手をすればトティラとの一騎打ちになる可能性もあると考えると、正直なところかなり気が重かった。

だが強化兵装を身に着けたユニットを手に入れることができたのは大きい。

ゲーム内の日時なら今よりしばらく後に日の目を見ることになる強化歩兵隊が、前倒しで世界に現れた形である。

ちなみに、強化歩兵中隊の隊長になっているのはガールーだ。

その理由は二つ。

一つめの理由は、彼が最初期からトッドたちと共に行動していたために、強化兵装の使用に慣れていること。

そしてもう一つは、彼がトッドから下賜された魔道弓サジタリウスを持っているためだ。

どうやら後になってから知ったのだが、族長から何かを渡すということは戦士にとっては何にも代えがたいほどに誇り高く誉れになることなのだという。

そのため彼が名実共に相応しいだろうと、他の山の民たちもガールーのことを認めるようになったのだ。

ガールーが握っているその弓、サジタリウスは厳密に言えば弓ではなく、弓型の魔法発動体である。

矢の代わりに魔法を放てる処理と、魔力を込めさえすれば一定威力の魔法の炎矢が撃てるようなチューンナップがなされている。

開発に成功した時は、これで魔法を使えなくとも魔法が放てるようになる遠距離攻撃の手段ができたとかなり喜んだのだが、ハルトとトッドのそれはぬか喜びに終わっていた。

自分で魔法を発動するのではなく、回路に入れられている魔法を魔力で強引に発動させるために、大量の魔力を消費してしまうと分かったからだ。

大量の魔力が必要なため熟練の魔法使いくらいしか扱うことができず、そもそもそんな者は普通に魔法を使うため、まともな使い手がいなかった武器だった。

魔力が測れないようなところで、大量の魔力を持つにもかかわらず一切魔法の訓練をしてこなかった。

そんな特異な人間にしか使えないのがこのサジタリウスなのだ。

「お前、熱くないのか？」

「熱いが耐えられる」

ガールーやホウはライエンバッハやランドンに対してはあくまでも対等な言葉遣いをしている。

彼らは族長以外には、誰に対しても態度が変わらない。

最初の頃はライエンバッハもそれを直そうと叱っていたが、何度言っても聞かないので諭《さと》すのは諦めたようだった。

「魔道甲冑もそろそろ新しいのを試作したいんですよねぇ。ライエンバッハ卿なら、どんなものを作っても使いこなせそうですし」

「そうだね……多分だけど、ライなら機動鎧だって乗りこなせるだろうからね」

どうやらハルトは、未だライエンバッハに余裕があることを見抜いているようだった。

戦闘的な余裕の話ではなく、彼のスペック面での話だ。

魔道甲冑を使うことで彼の各種能力は大きく底上げされたが、元が良過ぎる分、まだ装備のグレードを上げてもなんとかしてしまいそうな感があるのである。

機動鎧という兵装は、一度着ければ元の装備には戻れなくなると言われるほどに強力な武装である。

ゲームだと開発が終わる前に死んでしまったライエンバッハだが、彼を生き延びさせることができれば相当に強力な機動士として八面六臂の大活躍をしてくれることだろう。

トッドの見立てでは覚醒タケル（攻略サイトにおける戦闘力評価S＋）には劣るだろうが、準一級機動士クラスの強さはあるのではないかという感じだ。

贔屓目《ひいき》もあるのかもしれないが、機動鎧を着けたライエンバッハが誰かに負けるような事態を、トッドは想像することができなかった。

「研究ができないのが惜しいですねぇ。早くラボに帰りたいですよ僕は」

「あの中から色々持ってけそうなセキュリティガバガバな土蔵を、ラボとは呼びたくないけどね」

「でも私も早く戻りたいです。ここら辺だと、お風呂に入るのも一苦労ですから」

ハルトとレンゲたち研究員チームは、どうやらさっさとトティラを倒して街へ戻りたいようだ。

ここでは満足な設備もないし、彼らがやるのは魔力測定器を使って山の民たちから魔法が使えそうな者たちを選別することと、トッドたちが使う各種兵装の手直しや修理をするくらい。

新しいものを作るのではなく、今あるものを修理、改善するだけの現状に満足がいかないらしい。

もっともレンゲの方は、純粋に女の子的な理由で嫌がっているようだったが。

一応魔力というのは、使えば使うだけその総量が増えるものとされている。

そのため今は、魔法使い見習いになった山の民たちの何人かに水と火の元素魔法を使わせてなんとか樽《たる》に湯を満たし風呂として使っていた。

元日本人であるトッドもその辺りにはうるさく、彼は待つのが面倒なので自分で湯を用意して湯浴みをするようにしている。

ただライエンバッハはあまりそういった方面には頓着せず、さらに言うなら山の民は体を軽く拭くだけで満足する者たちなので、ぶっちゃけるとトッドは結構な頻度で鼻がつんとする刺激臭を感じていた。

前世の価値観で綺麗好きなトッドと、レンゲに強制的に洗われるハルトを除けば、皆かなり汗臭いのだ。

「私としては、まだこちらにいるのもいいですが。基本的に快適ですし、戦えば戦うだけ兵が増えていくというのは盤上遊戯のようで面白いですから」

「自分が強くなっていくのが実感できます。今は毎日が充実しています、これも全てトッド様のお陰です！」

ライエンバッハとガールルーは、どうやらこの生活をしっかりと楽しんでいるようだった。

ライエンバッハは純粋に元から戦うのが好きだから、模擬戦やテスターばかりさせられる向こうでの日々より、毎日何かしらの戦闘が起こるこちらの方が合っているということなのだろう。

ガールルーも色々と装備を貸し与えられ、ライエンバッハたちとの模擬戦を経て実力は上がってきている。

それに隊長職となったことで、責任感のようなものも生まれ始めていた。

山の民流に言えば、戦士から戦士長へ成長したとでも言うべきか。

戦闘を行い、敵を倒していくうちに自分の強さを認識できたからか、ガールーは以前ほど強さに固執することはなくなっていた。

ただトティラへの憎悪の方は、変わらないようだ。

だがそちらも前とは違い、トッドに急げ急げと催促するようなことはなくなった。

彼なりの、心境の変化があったのだろう。

ついでに言うなら、今はこの場にはいないがランドンたち親衛隊三人組も似たような感じである。

彼らは山の民に染まり過ぎており、特にミキトとスートは既に髭もボーボーで肉をわしづかみにするような生活スタイルになっている。

(王国に戻ってからが大変だろうね。どうやら連れて帰ろうとしている女の子たちも複数いるみたいだし……)

トッドは遠い目をしながら、彼らの将来に幸あらんことを祈った。

「……そうか、当たり前だがお前たちはことが終われば帰るのだな」

ホウはふと今気付いたかのようにそう呟く。

彼らからすればトッドたちは、外の世界よりやってきた異物である筈だ。

だというのにそんな風に考えてくれるようになったとは、と少しだけじぃんと心が温かくなる。

自分たちはこの場所に、馴染《なじ》み、受け入れられることができたのだろうか。

そう考えると少しだけ嬉しい気持ちになってくる。

ただトッドの意見もどちらかと言えばハルトたち寄りの、さっさと帰ってしまいたいと考えだった。

無論それは今後のイベントを想定してということもあるのだが、それより何より……。

「早く弟たちに会いたい……もう何ヶ月も会えてないし」

「殿下のブラコンシスコンは筋金入りですねぇ」

「ちょっとハルトさん、その言い方は……」

「タケルとミヤヒさん、僕がいないからっていじめられてたりしてないだろうか。エネシアはアイリスからまた変なことを吹き込まれたりしてないだろうか……。元が病弱なアナスタシアは、体調を崩したりはしてないだろうか。そしてエドワードは……多分何も問題はないだろうけど、ただ会いたい」

「ねぇレンゲちゃん。じゃあ君はこんな風になっちゃった殿下をなんて呼ぶつもりだい？」

「えっと……家族愛が溢れるお兄ちゃん、とかじゃないでしょうか」

「物は言い様だねぇ」

トティラたちが急ぎシーラ山へと向かっているというのに、彼らの雰囲気はどこかのんびりとしている。

というのも既にトッドたちは戦いの準備を終えている、だからあとは彼らがやってくるのを待つばかりなのである。

シーラ山の半分以上の者たちは既にトッドの氏族に組み込まれていて、今はランドンたちの指揮下で今までより大きな単位で行動できるよう訓練をしている最中だ。

落ち着きながら紅茶を飲んでいたトッドは、歩いてきたライエンバッハを見て怪訝に思う。

その顔は先ほどまでとは違い、真剣に切り結ぶ時の気迫を湛《たた》えていた。

彼は他の者たちに聞こえぬよう耳元で、

「殿下はトティラを、どうするおつもりでしょう」

トッドは一瞬答えに詰まったが、すぐに答えを返す。

喉に答えがつっかえたが……その不自然さに、彼が自身で気付くことはなかった。

「……当然殺すよ。あれは僕たちのこれからには、必要のない存在だから」

トティラを仮に生かしておいたとする。

彼は間違いなくトッドたちがいなくなった瞬間に、何かを画策するだろう。

一度身を潜められ、ゲリラ戦術でも取られようものなら非常に厄介な存在になってしまう。

トティラには親衛隊と呼ばれる彼に心酔した戦士たちの集まりがある。

それに氏族の中には、自分たちはトティラについていくと、こちらになびかなかったものも一定数いた。

反抗勢力になる可能性のあるトティラを生かすのは、あまりにもデメリットが大き過ぎる。

それに彼はゲーム内では、自分を含む全ての王族を惨殺した殺戮者《さつりくしゃ》であった。

いくらトッドが人を殺すより生かしたいと考えていても、トティラに対してその考えを適用するのはあまりにも難しい。

だがどうやらライエンバッハは、トッドのその甘さが命取りになるのではないかと危惧しているようだ。

トッド自身、既に何人もの人間を手にかけている。

（大丈夫……だとは思うんだけど。でも確かに、トティラがもしすごくいいやつだったりしたら、ちょっと考えちゃうかもなぁ）

トッドには前世が日本人だったためか、判官贔屓《ほうがんびいき》のような、敗者である相手の側に立って応援したくなってしまう悪い癖がある。

ホウが生きているのも、正しくそれが原因だ。

彼はホウの氏族を纏めるためには、死んでもらった方が都合が良かった。

だが生かしていたお陰で諜報員や連絡員を選抜してもらえたり、裏切りを警戒せずに強化兵装を貸し与えたりもできている。

ホウの時と同様、メリットに天秤《てんびん》が傾けば……とも思うが、ことは自分たち王国にまで関わる問題だ。

きっとトティラがトティラである限り、彼が山の民の族王を呼称し自分たちへ牙を向けようとする限り、彼と和解することはできないだろう。

それに……ガールーとその姉のこともある。

働いてもらった分、彼には復讐をする権利の一つくらいはある筈だ。

トッドたちの朝は、ゆったりと過ぎていく。

あと数日もすればかつてないほど大規模な戦が起こると分かっていても、彼らの生活は少しも変わらなかった。

◇

決戦の地に選ばれたのは、シーラ山の麓をもう少し行った先にあるオオゾノ平野だった。

北を連峰、南をカカ湖に挟まれており、東は密生する森になっているなんの変哲もない平らな土地だ。

シーラ山に先に辿り着いたトッドたちは北側、そして後にやってきたトティラたちは湖と森に挟まれた南側に布陣している。

数はトッドの氏族二千五百に対しトティラ軍が五千前後。

数の差は倍に近いが、トッドは敢えて子供の徴集は行わなかった。

この先のことを考えれば、子供たちには生きてもらわねばいけない。

数の差をひっくり返すため、そして犠牲を極限まで減らすために、短期決戦で決着を付けてしまうつもりだった。

「本日天気晴朗なれども波高しってね」

「……ここは山際、海は見えませんが」

「分かってる、なんとなく言ってみただけ」

快晴の空の下、トッドは自軍と共に並び立っていた。

先頭に立つのはもちろんトッドで、当然のようにその脇にいるのは騎士ライエンバッハ。

彼らの後ろにはランドンたちが続き、彼らが各八百ずつ率いている山の民たちが馬に乗り待機している。

近くで見ていても、やはり数の差は大きい。

その分を兵器の質で埋めるためには、多少強引でも無理を押し通す必要があるのは間違いなかった。

ちなみにハルトたちは既に前線から下げており、一足先にリィンスガヤへと帰らせている。

彼らさえいれば研究はなんとかなるので、無理くり帰らせたのだ。

ハルトはお預けを食らった犬のような顔をしていたが、レンゲが首根っこ引っ張って帰らせていたので多分大丈夫だろう。

山の民の戦に、戦前の使節の交換や降伏勧告などというものはない。

ただ族長が号令を出せば、それだけで戦が始まるのだ。

そのため既に両陣営は、ピリピリとした面持ちで戦が始まるのを待っている。

少し時間が経過して、一羽の鳥がトッドの元へやってくる。

彼はその鳥の足に白い布が巻かれているのを見て頷いた。

トッドはライエンバッハを見て、そして後ろにいるランドルたちを見て声を張りあげた。

戦というのは勢いが重要だ。

陣形や戦術などあってなきがごとき山の民の戦いにおいては、さらにその重要度は増す。

愚直に前に進み、ただただ敵を圧殺する。

少々野蛮だが、それが一番山の民の戦意を奮い立たせるのだ。

「最短で最速で勝つ！　全軍楔形陣形《くさびがた》で突撃！」

わああっと鬨《とき》の声が轟く。

数千の兵たちの雄叫《おたけ》びは大地を震わせ、隣接する森に棲《す》む鳥たちを飛び上がらせた。

「行くよ、ライ。こんな戦はさっさと終わらせる。正面突破だ！」

「お供いたします」

トッドとライの機動力は、後ろにいる山の民の騎兵の速度を大きく超越している。

彼らは自陣営から浮き位置になるほど前に進み、一騎駆けならぬ二騎駆けによって戦端を開いた。

トティラはトッドとは違い陣の後方にいるようで、先頭にいるのは彼の直属の戦士と思しき男たちだった。

トッドはシラヌイを駆り、前へと進み出る。

奇襲や出し惜しみなどしない、文字通りの全力で。

彼が己の持つ力の全てを出すのは、実はシラヌイに乗ってからは初のことだった。

シラヌイの力は、ただ模擬戦をするにはあまりにも強過ぎる。

全力でやればシラヌイが壊れたり、相手に大怪我をさせてしまうという気持ちが、無意識のうちに彼の力をセーブさせていたのだ。

しかし今回は、初手の勢いづけが重要となる。

単身で駆けているという状況が、そして戦という特異な戦場による昂ぶりが、彼の力を極限まで引き出しシラヌイを駆動させる。

「しっ！」

シラヌイが大剣クサナギを構え、逆袈裟に振り上げる。

全力で放たれた一撃が馬ごと戦士を引き裂いた。

肉が断たれ、骨が砕け、文字通り真っ二つになった戦士が左右に分かれてべちゃりと地面に落ちていく。

そのまま上へ跳ぶと、先ほどまで彼がいたところに矢の雨が降り注ぐ。

軽く跳躍したつもりだったがどうやら力んでいたようで、トッドは勢い余って敵陣の真ん中に着地してしまった。

既に山の民たちは走り出しているので皆がすごいスピードを出している。

そのため彼が着地した時に、真下にいた者はひき肉になってしまった。

そして目の前からは、今正に自分とぶつかろうとする騎兵が突進してくる。

横には自分を通り過ぎようとする敵兵がいるため、既に距離を離し始めている後方を除く三方が敵だらけだった。

これはこれで都合がいいと、今度は剣を横に構えてそのまま右足を軸にして回った。

叩きつけるように振るわれたクサナギは、周りにいる生き物を馬と人の別なく斬り殺していく。

自分の周囲にいた五騎はその攻撃を受け吹っ飛ぶか倒れるが、当たり前だがここは敵陣営の中。

周りには敵しかおらず、先ほどの攻撃から運良く外れた一騎がトッドの方へと突進してきた。

剣を振り抜き勢いを殺そうとしたタイミングだったので、その馬上突撃を正面から受け止める。

先ほどの強引な制動と回転により体にGがかかり、さらに衝撃を受けたことで思わず口から胃液が出そうになる。

だが機体自体にダメージはなく、トッドはそのまま馬を止め、その首を掴んで胴体を前方へぶん投げた。

「ぎゃ！」

「ぐわっ！」

「そんなバカなっ⁉」

まさか馬を投げられると思っていなかった後続の騎兵たちの骨を砕き、さらに数人が戦闘不可能な状況に陥る。

ことここに至ると流石に異変を察知したためか、トッドがいる場所の周囲にはぽっかりと空間が生まれ、前に進む騎馬たちは止まるか、そこを避けて前へと進んでいく。

「おいおい、つれないなぁ」

トッドはつんのめった騎兵に近づき、下からクサナギを突き立てる。

そのまま距離を離していては、矢を放たれてしまう。

混戦に持ち込んで、矢を射られないようにする狙いだ。

体に大剣を突き刺された山の民は、この好機を逃すかとさらに剣をくい込ませ、己の手で剣を掴む。

だがその行動は、人外の膂力《りょりょく》を持つシラヌイからすれば悪手だ。

「そんなことしても、有効活用しちゃうだけだっ！」

トッドはもう一度跳躍、そしてクサナギを刺さっている男ごと持ち上げて、前方にある密集地帯目掛けて振り下ろす。

さらに数人が吹っ飛ぶのを見てから、後続へ目を配る。

「殿下っ！　先走り過ぎですっ！」

ライエンバッハは流石に戦場で何度も跳躍するような非常識な行動はしていなかった。

ただ彼は突きで騎兵を落とし、薙ぎ払いで前に空間を作り、騎馬の間をすり抜けながらこちらへと一直線にやってきていた。

自分としても非常識なことをしているとは感じているが、これだけ大量の敵がいる中でそれだけのことをするライエンバッハの方も大概である。

後ろを見れば自分たち二人が作った穴を目掛けて、山の民たちがその隙間をこじ開けようと前に進んでいる。

落下する直前に前を見ると、もう三回も跳べば敵本陣にまで届いてしまいそうだった。

一応仕掛けはしてあるが……いっそこのままトティラのいる場所へ直接向かうのもありかもしれない。

そう考えてしまうほど、シラヌイの性能は圧倒的だった。

騎馬突撃を食らっても中へ衝撃は通るが、何十と攻撃をもらわぬ限り問題はない。

トッドは今はもう水魔法第二階梯の回復も使うことができる。

仮に臓腑《ぞうふ》を傷めたところで、回復させてしまえば問題はない。

問題があるとすれば、少しはっちゃけて今のペースで戦い続けると思ったよりも魔力切れが起こるのが早そうなところくらいだろうか。

ただ、それだって数十分程度で尽きることはない。

それほど大事にはならないだろう。

ドスンと勢いよく着地し今度は二人をひき肉に変えると、今度は山の民たちがじわじわと後退していった。

山の民は戦いで死ぬことは恐れない。

だというのに事実、彼らは後退をしている。

それだけシラヌイのインパクトが大きかったということだろうか。

(なんにせよ、敵兵の戦意が失われるのはありがたい!)

相手の恐怖を掻き立てようとドスドス音を立て駆けると、山の民たちはさらに後ろに下がった。

ちなみに彼の背中側にいる兵たちは、声をあげながら勢いよく前へ進んでいる。

「殿下、無理をし過ぎです!」

時間としては一分も経っていないと思うのだが、気付けばライエンバッハが声の届く距離にまで近づいてきている。

彼が倒れた兵馬を踏みながら歩いてくると、敵兵たちの混迷の色がさらに強くなる。

「二人で行けそうだね。とっちゃおっか、大将首」

「過信は禁物です……が、確かにそれが一番犠牲が少なく済むでしょうな」

二人は息を合わせ、再度前進する。

ただ開戦をした当初とは違い、既に山の民たちの戦意は薄れ始めていた。

騎兵たちの中には神に祈る者や、二人を大きく迂回《うかい》して敵兵へ向かう者が出始めていた。

トッドたちが向かう先が、トティラのいる場所であると分からぬ者はいないにもかかわらず……。

「なんだ……なんなのだ、あれは⁉」

「恐らくは事前に聞いていた新型の鎧かと……」

「そういうことを言っているのではない！」

戦場全体を見渡せるように作られた即席の見張り台、そこへ上っているトティラは呆然《ぼうぜん》とすることしかできずにいた。

準備は万全に行っていた筈だった。

兵数では自陣営が倍近く多く、それはそのまま勝利へ直結する筈だった。

だというのにあれはなんだ。

「あの赤い化け物が……トッドなのか」

それは寝物語に聞くおとぎ話に出てくる鬼のような見た目をした、人智を超えた強さを持つ男であった。

トッドが剣を振るえば馬と人は割れ、トッドが殴れば頭は陥没し脳みそを飛び散らせる。

足の小技から何から全てが一撃必殺であり、その力は明らかに異常なものだった。

人どころか馬を軽々と持ち上げ、敵へ投擲《とうてき》する。

大の男数人分も跳躍したかと思うと、足を折ることもなく着地する。

全ての行動が規格外であり、また事前に集めていた情報よりもはるかに強力であった。

剣技は我流なのかそれほど研ぎ澄まされてはいなかったが、その動きにはある種の合理性があった。恐らくは実戦や鍛錬を元にして生み出した、実践的な剣なのだろう。

そしてそのあまりに強力な肉体のせいで、トティラの氏族の者は誰一人として彼に傷をつけることができないでいた。

確かにトッドが強いということは調べがついていた。

戦場に現れれば悪鬼のごとき力を振るうとは聞いていた。

しかしあれは――あまりにも常軌を逸している。

それにトッドだけではない、その隣で彼と同じくらいの体躯をした甲冑の男。

彼もまた、トッドに負けず劣らず戦場を駆け巡っている。

彼が使う剣技は、力任せに振るうトッドのそれと比べると明らかに洗練されていた。

その剣は敵の急所を狙うか、戦闘能力を削《そ》ぐためにひたすらに足だけを狙って放たれている。

トッドが縦横無尽に剣を振れるよう、障害になるような者だけを徹底して倒し、死角を補うように立ち回っているのだ。

その剣に派手さはないが、しかし族長を支える戦士として一級品なのは間違いがない。

信じられないことに、彼らは勢いを落とすことなく、二人だけで力任せに自分たちのいる本陣目掛けて進んできている。

今はまだ層が厚いために守れているが、このままでは本当に押し切られてしまいかねない。

そう思ってしまうほどに、彼ら二人の獅子《しし》奮迅《ふんじん》ぶりはすさまじかった。

既にこちら側全体に動揺は伝わっており、戦士たちの中に焦りを見せている者も多かった。

山の民が最も奮い立つのは、族長の奮戦だ。

見ればトッドたちの後ろにいる山の民たちは、こちら側と比べるべくもなく士気を上げている。

族長が一度やられてしまえば、二度と立て直せなくなるほどに全体に動揺が走ってしまう。

二倍近い数があるからこそ、下手を打たれる可能性は減らそうとトティラは自身は後ろから督戦《とくせん》する形を取っていた。

前に出てそこを一点突破で狙われれば、もしものことがあるかもしれないと考えていたからだ。

しかし現実はどうか。

自分たちは後方で待機しているにもかかわらず、敵は構うことなくこちら目掛けて一直線に進んでくる。

そして配下である平原の戦士や山の民たちが、鬼気迫る様子でこちらへとやってきている。

だがトティラの受難は、これだけでは終わらない。

「族王！　大変です！　元グルゥの氏族を始めとするいくつかのグループが反旗を翻し始めました！」

「なんだと!?」

「東部森林から敵の伏兵！　こちら目掛けて進軍を開始し始めました！」

「バカな！　東の森は馬が通れぬほど密生しているし、事前に下調べもしていた筈だ！」

トティラが以前トッドの支配を嫌がったとして自陣営に入れていた山の民。

彼らは元より、裏切ってなどいなかった。

そして事前にトッドに言われていた通り、トッド側につけば今後も何一つ己を押し殺すことなく暮らしていけるという説明を、かつての同胞たちへ語った。

実際にトッドたちと数日を共にし、彼が平原の民であるにもかかわらずこちらの文化に造詣《ぞうけい》が深いことを教えられた者たちのうち、力なき故に黙っていた小さな氏族のいくつかが反旗を翻すことを決めたのだ。

そしてタイミングを見計らい、この機を逃さず蹶起したのである。

自陣営全体にトッドたちの衝撃が残っている中、離脱する者たちが出たことで山の民たちの動揺はいっそう大きくなる。

自分たちもトッド側に寝返るべきなのではないか、そう考える者も一人や二人ではなくなっていた。

彼らが奮い立ったことによりさらに士気が減少したところで、東部森林から伏兵たちが現れた。

その正体は、トッドがハルトたちとホウやガールールーの協力の下作り上げた強化兵装部隊、強化歩兵中隊である。

トティラは事前に伏兵がいないか、偵察を出すことで確認をしていた。

しかしそこで反応がないのは当たり前のことだ。

何故ならトッドは戦が始まるよりも少し前に、自分たちを隠れ蓑《みの》にして脇から森を通り、彼らを迂回させていたのだから。

通常ならそんなことをしても間に合う筈がないが、強化歩兵の進軍速度は馬を超える。

そして彼らは馬ではなく兵であるため、峻険な崖だろうが馬の通れぬ獣道であろうが難なく進むことができる。

さらに言うのなら、その戦闘能力は強化兵装により大きく上昇しており、一般兵でも歴戦の戦士たちに勝てるだけの強化がなされていた。

彼らは乱戦をして弓を使わせぬために皆が山刀を構え敵陣へと突っ込んでいき、暴れ回っている。

その数が三十弱と少数であれど、決して放置していいものではなかった。

次々と舞い込んでくる報告に、トティラは頭を抱えたくなる。

前方のトッド、後方の反乱、そして右方からの伏兵。

これら全てに同時に対処するのは不可能であり、反乱と伏兵を排除しようとすればトッドへの圧が弱まり、彼が本陣へと辿り着いてしまう。

この現状は、明らかな詰みであった。

打つ手をなくした、というよりどう手を打っても現状を打開しようがないトティラは、大きくため息を吐く。

この戦の結果は、山の民にとって決していいものとはならないだろう。

今後平原の民はこちら側の領域に入り、山を掘り、森を開き、自然を破壊して街を作るだろう。

だが自分には、もうそれを止めるだけの手立てがない。

……いや、一つだけあるにはあるが、それをするためには多大な犠牲を覚悟しなければならない。

で、あれば最も被害の少ない選択肢を取り、山の民の命脈が受け継がれる可能性を少しでも上げることこそが――。

「降伏を……」

だがトティラの言葉はそこで詰まる。

周囲の戦士たちが自分を見るその瞳の輝きを見て、彼はふと我に返ったのだ。

今彼の周りにいるのは、皆トティラを慕い彼についてきた者ばかりだった。

戦士たち皆の好きな食べ物や抱いてきた女など、あらゆるものを諳《そら》んじることができるほど、トティラと親交が深かった者ばかりなのだ。

彼らはトティラを見つめていた。

中には劣勢に歯噛みし、こらえきれず涙を流す者もいた。

歯を食いしばり、今すぐにでもトッドの元へ行きたがっているのを我慢している者もいた。

（……どうやら俺は、少しだけ小利口になり過ぎていたらしい）

山の民の未来のために、即座の降服をする？

劣勢で、残された手のリスクが高過ぎるからそんな手段は取るべきではない？

（——違う、そうではないだろう）

平原のやり方に慣れ過ぎたせいで、大切なことを忘れていた。

周囲にいるのは、自分を慕って付き従ってくれる自分の親衛隊たち。

彼らは皆、トティラにとって家族も同然の付き合いをしてきた、一級品の精兵たちだ。

当たり前だが、彼らは山の民である。

そして——彼らを統べるトティラもまた、山の民なのだ。

そもそも、トティラはなんのために立ち上がったか。

山の民はここにありと、世界に示すためだ。

戦って戦って、勝って自分たちの力を見せつけるためだ。

そのためにあの、目の前にいるトッドを倒すことは、何よりの証明になる。

それに何より——あれだけ強い者と戦って勝ちたいと、トティラの心の奥底から湧《わ》き出してくる何かが、しきりに告げている。

ことここに来て、トティラは自分が根っからの山の民であることに気付いた。

だが同時に彼は、勝利を手に入れなければならない指揮官でもある。

山の民でもありながら開明的なリーダーでもあるトティラは、危機迫るこの場において一瞬のうちに最適解を叩き出した。

「良かろう、向こうが山の民の流儀を尊重し平原の力で勝つというのなら……俺はあいつに、平原の流儀を使った山の民の力で勝つ！　行くぞ全軍、俺に続け！」

◇

「妙だな……戦い方が変わったのか？」

まず最初にトッドが感じたのは違和感だった。

彼に向かってくる山の民たちの数は、明らかに減っていた。

それ自体はなんら問題はない。

けれど徐々にではあるが、何かが変わってきているような気がするのだ。

「ライ、どう思う？」

「秩序だった防戦に変わってきております。トティラが何か策を講じていると考えるのが妥当かと」

「やっぱりそうか……」

襲撃が散発的になったことで、近くにいるライエンバッハと話すだけの余裕ができたので思い切って尋ねてみると、やはり自分と同様に違和感を覚えているようだった。

秩序だった防戦、というライエンバッハの言葉を聞くと、トッドはなるほどと唸《うな》った。

確かに最初の方は、敵がトッドとライエンバッハたちの強さに恐れて道を開け、結果として向かってくる数が減っていた。

けれど今は逃げ散っているというより、攻撃が散発的になっているような感じなのだ。

トッドたちの気の休まる暇のないような攻撃が続いているのはいったいなんのためか。

「僕たちが消耗するのを狙っている……？」

「尋常ならざる兵器であれば、消耗も早い筈……そう考えているのやもしれませぬ」

その事実は当たらずとも遠からずである。

戦の勢いをつけるため、トッドは派手に、これみよがしに力を使っている。

そのせいで稼働時間自体は、今までよりグッと短くなる可能性が高い。

ただ、今すぐに魔力が切れるなどということはない。

無理押しをせず、相手の思惑に乗らぬよう、出力を調整して魔力の節約に努めながら山の民たちを斬り伏せていく。

(熱した油や鈍器での攻撃による、パイロットに対しての攻撃……やっていることの形は違えど、事前に想定していた内側への攻撃を考えてるって見て良さそう。トティラはやっぱり、頭が回る)

向こうが考えてくるであろう、シラヌイに対しての攻略法。

肉体的か精神的かという差異はあれど、どうやらトティラも自分が考えていたものに近いやり方で攻めてきている。

やはりトティラは、かなりこちら側のやり方を学んでいると考えた方がいいだろう。

「少し、強引にいこうか」

「向こうはこちらに疲労を強いるのも狙いの一つでしょうし、その方が結果的に労も損害も少なくなるかと」

恐らくトティラの狙いは、トッドたちを疲労させながら、時間の経過を待つこと。

であれば、馬鹿正直に付き合ってやる必要はない。

微妙に進行方向が変わるような攻撃はシカトして、トティラのいる本陣目掛けて全力で進めばいい。

既に戦闘が開始してから数十分が経過している。

まだ余力はあるが、余裕綽々《よゆうしゃくしゃく》とまではいかない。

もしもの時を考えると、早めの決着が好ましい。

トッドとライエンバッハは、先ほどまでのように後続の道を確保するために進むスピードを緩めることをやめた。

彼らは後ろの兵たちがついてくるのを待たずに、ただひたすらに前へ進んでいく。

進路上にいる敵は薙ぎ倒し、側面からかけられる攻撃はちょっかいと割り切って時にいなしたり、時に防いだりしながら進んでいく。

流石に相手もトッドたちの思惑に気付いたからか、明らかに攻撃の勢いが強くなる。

けれどそれで止まるトッドたちではない。

彼らは鎧袖一触、立ちはだかる敵を蹴散らしながら進んでいく。

そして進むために全力を注ぐことしばらく、ようやっと本陣へと到着したのだった――。

◇

「よく来たな、トッド」

トッドが辿り着いた本陣には、トティラの姿があった。

トティラは馬に乗り、まるで品定めでもするかのようにじいっとシラヌイのことを見つめている。

麻の外套《がいとう》に身を包んでいるためにその装備は見えないが、身長はライエンバッハよりも高く、恐らくは二メートル以上はあるだろう。

「……あなたが、トティラで相違ないか？」

「――っ!?　驚いたな、まだ毛の生え揃っていない子供ではないか！」

どうやら声を聞いて、トッドの若さに気付いたらしい。

一応かなりくぐもって聞こえるために他の者たちにはシラヌイを脱ぐまでは気付かれなかったのだが……その洞察力の高さは、流石トティラといったところか。

「トッド、俺は貴様には色々と言いたいことが、尋ねたいことがある。だがことここに来て、言葉にて語るのは少々無粋だ。俺が何を言いたいか……聡明なお前であれば分かるだろう？」

「いいだろう。ではトティラ、あなたに一騎打ちを申し込む」

「良かろう――聞いたな、お前たち！　お前たちは絶対に手を出すな！」

トッドはここで、トティラの求心力の高さを見せつけられることになった。

トティラの一喝で、一瞬で人の波が起こったのだ。

周囲がまるで円形状にくり抜かれたかのようになり、トティラとトッドが戦うための空間が空けられた。

（スペースがかなり狭い、これだと騎馬戦なんてとても……いや、そうか）

疑問、次いで納得。

自分が戦うとトティラが言った理由が、トッドにはすぐに分かった。

そしてトッドが意味を理解したからだろう、トティラは馬上から下り、身に纏っていた外套をバッと脱ぎ捨てる。

風に靡《なび》く外套が落ちてゆく。

そしてファサッと地面についた時には、そこには全身に黒いボディースーツを着用しているトティラの姿があった。

間違いなく、どさくさ紛れに盗られてしまった一着だろう。

やはり予想していた通りに、トティラ本人が着用してパワーアップしてしまっているらしい。

トティラがポーズを取れば、周囲から割れんばかりの歓声が上がる。

めちゃくちゃアウェーだなぁと思っていると、近くからトッドの名を呼ぶ声が聞こえる。

周囲は敵だらけだが、ライエンバッハだけはトッドを見てくれている。

声を張りあげるでもなく、いつ攻撃されてもおかしくはないというのに、腕を組んで泰然とトッドの方を見つめている。

先ほどまで感じていたわずかな不安は、己の師でありお目付役でもあるライエンバッハを見ただけで、どこかへ吹き飛んでしまった。

今なら肩から力も抜けて、本来の力が発揮できそうだ。

「さあ草食み、お前の力を見せてみろ！」

「――応っ！」

一騎打ちが始まる。

先に動いたのはトティラだ。

トティラは前傾姿勢を取って駆けてくる。

その速度は、先ほどまで山の民たちとばかり戦っていたせいで非常に速く見える。

（いや、ライの方がずっと速かった）

トッドはライエンバッハと繰り返した模擬戦のことを思い出しながら、冷静にクサナギをムラクモとオニワカの二刀に分離させた。

強化兵装は出力では劣るが、その分シラヌイよりも小回りが利く。

小技などを繰り出されて防戦一方になってしまわぬよう、こちらも手数を増やす必要がある。

「ヒョオオオッ！」

トティラが手に持っているのは一般的なものよりもかなり短めに誂《あつら》えられている山刀だった。

短剣よりは長く長剣より短いそれは、彼の両手に握られている。

双剣使いと戦うのは、人生で初めての経験だ。

とりあえずリーチと出力ではこちらが上。

であれば相手のリーチ外から攻撃を、と考えていたところでトティラのスピードがさらに上がる。

「しまっ⁉」

双剣という見たことのない武器への対処法を考えるあまり、トティラの身体能力に関する思考が疎かになっていた。

先ほどまでよりも速く、ランドンたち親衛隊にも勝るとも劣らぬ勢いでトティラが駆ける。

踏み出す足場は大きく凹《へこ》み、前に進めば土を後方へと飛ばす。

トティラの右の剣が迫ってくる。

トッドはフックがかかったようにしなったその一撃を、右手に持つオニワカで防いだ。

膂力で勝るのはトッドの方だ。

トティラの一撃をいなしてから、そのままさらに右手を前に出して攻撃に転じる。

しかし剣は空を切った。既にトティラは後退し、剣の届かぬ場所に退避を終えていたからだ。

一旦仕切り直しだと、トッドはふぅと息を吐く。

その際、自分の息が思ったより上がっていることに気付いた。

（……ちょっと派手に、暴れ過ぎたかな）

トティラと戦う前の連戦は、着実にトッドの体力を奪っていた。

シラヌイに乗った彼はライエンバッハ相手に引き分けられるだけの力を持つが、その肉体は未だ十二歳のものでしかない。

筆頭宮廷魔導士から教えを乞うて強化の魔法を使えるようになり、ライエンバッハのしごきに耐えられるようになったとは言っても、その体は未だ変声期すら終わらぬ幼いもの。

まったく慣れていない新たな環境下での長期間の行軍。

各氏族を従えるための連戦に次ぐ連戦。

そして生まれて初めて感じる、自分についてきてくれている人たちの命をこの身に預かっているというプレッシャー。

それら全てが、見えない負担となってトッドにのしかかっていたのだ。

アドレナリンが出てハイになっていたトッドは、実力者との真剣勝負をしている今になってようやく、己の体調が万全には程遠いものであることに気付く。

トティラが再度攻めに転じる。

ゴツさに見合わぬ体の柔らかさを利用して、振り子の要領で剣で撫で付けるように斬る。

一撃一撃の威力は、本来ならばそれほど高くはない。

けれど強化兵装を用いることで、それらの威力は増強されていた。

軽い筈の一撃一撃が、トッドの胸を打つ。

中には思わず息が止まるような一撃がやってくることもあった。

まだ手に渡ってからそれほど時間は経っていないにもかかわらず、トティラは完全に強化兵装を使いこなしていた。

「こほおおぉぉ……」

トティラの戦い方は、今までに見たことがないものだった。

まず彼は、特殊な呼吸法で本来よりも多くの空気を肺へ取り込む。

そしてあるタイミングで、息を一気に吐き出しながら猛烈な攻撃を開始するのだ。

「っしゃあおおおおぉぉっぉぉっ！」

大量に吸い込んだ空気を一気に吐き出しながらの吶喊《とっかん》。

攻撃の継ぎ目が存在しないほどの、防御に徹さざるを得ない連続攻撃がトッドを襲う。

一気呵成《いっきかせい》に攻め立てるトティラの様子は、野生の猛獣のようだった。

獰猛《どうもう》な肉食獣が獲物を捕食する時のような、ギラギラとした瞳。

トティラの攻撃は一見すると隙だらけなようだが、その実驚くほどに洗練されている。

「しっ！」

「ほぉぉおぉっ！」

試しに攻撃を挟んでみれば、そこに反応されカウンターのカウンターが飛んでこようとする。

トッドは慌てて剣を押し留め、攻撃を返されるのを未然に防いだ。

ライエンバッハやランドンたちのような、正統派の剣術ではない。

けれどそこには実戦と経験に裏打ちされた、確かな剣技があった。

攻撃の間に蹴りを挟むこともあれば、砂による目潰し、金的からシラヌイの継ぎ目を狙った突きまで、どこまでも相手を卑怯に確実に葬ろうとする。

だが一番厄介なのは剣技そのものではなく、恐らくはトティラが生来持っているのであろう、その野生的な勘だった。

トッドが攻撃に転じようとする瞬間、技と技との間にあるわずかな継ぎ目。

トティラはそれを的確に狙ってくる。

そのためトッドも大ぶりな攻撃ではなく、隙の少ない低威力の斬撃を繰り返し、トティラの土俵に立って戦うことを余儀なくされている。

けれど、実戦経験が多いのは決してトティラだけではない。

トッドもまた、ライエンバッハとの血の滲《にじ》むような鍛錬や、山の民たちとの戦いによって様々な感覚や技術を磨いてきた。

（……見えてはいるんだ。だからこそ、もどかしい）

魔道甲冑を着込んでいるライエンバッハの剣閃を見慣れたトッドからすれば、トティラの攻撃のわずかな合間にある、カウンターを差し込む機会を見つけ出すことはそう難しいことではなかった。

「ぜあああああっ！」

けれど彼の放ったカウンターは空を切る、トティラが動物的な勘を使って体をわずかに捻り攻撃を回避してしまったからだ。

タイミングは合っている、狙いも悪くない。

本来のトッドであれば、今の一撃はトティラの脇腹をしっかりと切り裂くことができた筈だ。

だが、それは本来の自分の身体能力だからこそ突くことのできるもの。

万全には程遠い現状では、攻撃をかすらせることすらできない有様だった。

幸い、山の民の冶金《やきん》技術はそれほど高くないらしく、トティラが使っている得物の切れ味はそこまで良いわけではない。

お陰でシラヌイは未だ表面に傷を残す程度で済んでいる。

（もしトティラが業物を使っていたら……）

そんな風に考えると、背筋に寒気を感じざるを得ない。

装備にあぐらを掻いた結果がこれかと、トッドは自分のことを叱咤《しった》せずにはいられなかった。

（けれど反省をするのは後だ！　今は一刻も早く戦いを終わらせて……両軍にこれ以上の被害が出ないようにしなくちゃ！）

今のままではこちらの攻撃は当たらない。

それならば残された手立ては――トッドは即座に答えを弾き出した。

考えてというよりは今までの戦いによる反射で、彼は即座に大振りの一撃の構えを取る。

二本の剣を一本のクサナギへと連結させ、上段に構える。

それを必殺の一撃と見たのだろう、トティラもまた大きく溜めを作り、深くかがみながら双剣を交差させる構えを取った。

シィンという静寂。

周囲にいるギャラリーも言葉を失って動かなくなった二人を息をのんで見つめる。

どちらとも動くことなく、しばらくの時間が過ぎる。

攻め手であり続けたトティラの額には、玉のような汗が浮いている。

それがポタリと地面に落ちた瞬間、両者は必殺の一撃を当てるべく動き出した。

その速度はほとんど同じ。

けれど細かい制動が利く分、今回も先手を取ったのはトティラだった。

「隙ありっ！」

トティラは二つの剣を×の字に重ねてクロス斬りを放つ。

一つ一つの斬撃では威力が足りないと感じていたからこそ、二つの斬撃の威力を重ねる形でその不足を補ったのだ。

シラヌイからでは見にくい低めの姿勢で放たれたその一撃は――シラヌイの脚部の継ぎ目を正確に打ち抜いた。

剣はシラヌイを貫通し、腿《もも》からふくらはぎを抜ける形で突き立った。

剣の刀身は赤く濡れていた。

トッドの足を、剣は確かに傷つけることに成功していたのだ。

それはこの山の民の征伐において、トッドが初めて負うことになった怪我だった。

けれどそれこそが――トッドの狙い。

「はあああああああっ!!」

「なっ、まさかっ!?」

今の自分では捉えることができないのなら――相手の攻撃を誘導し、捉えずとも攻撃を当てられるようにするしかない。

トッドはそのために、敢えて大きな隙を作った。

そして肉を切らせて骨を断つ形で、己の負傷と引き換えに千載一遇のチャンスを手に入れたのだ。

トッドが放った振り下ろしが、トティラの体を撫で斬りにする。

鮮血が噴き出し、ただでさえ赤いシラヌイの機体がさらに朱に染まった。

「み、見事……」

トティラはそれだけ言うと、地面にくずおれた。

「はあっ、はあっ、はあっ……うぐっ」

ただでさえ疲れの残った体で、戦闘を続け、怪我まで負った。

勝利こそしたものの今のトッドは満身創痍《まんしんそうい》だ。

トッドは残る魔力を使い、回復を己にかける。

傷を癒《いや》してから、シラヌイの状態を確認した。

脚部には小さな穴が開いている。動くこと自体に支障はないだろうが、先ほどまでのような縦横無尽な動きはできないだろう。

トッドがグッと背を伸ばすと、目の前には血溜まりの中にいるトティラの姿があった。

「……」

じっと見つめるその様子に、不意打ちを警戒し近くでトッドを守っていたライエンバッハが眉をひそめた。

「殿下、お戯れは……」

「――うん、分かっているよ」

トティラはどこか爽やかな顔つきで、仰向《あおむ》けになっていた。

その顔は山の民の今後の暗い未来に対する憂いよりも、己が責任から解き放たれたという開放感の方が勝っているかのように見える。

それを見たトッドは――。

◇

その後、トティラという唯一の精神的な支柱を失ったことで、戦いは無事終結した。

結果だけ見れば、トッドが狙っていた通りにことが運んだ形である。

トティラの氏族は内乱と奇襲してきた強化歩兵中隊によりてんてこ舞い。

三方から攻め立てたお陰で、双方にそれほど被害が出ることもなく、比較的少ない犠牲で済んでくれたのは僥倖《ぎょうこう》だった。

トッドにはひどく意外だったことがある。

彼のゲームの知識であるトティラ像と、彼の配下たちから聞き出した情報がまったくと言っていいほどに異なっていたのだ。

部下たちは皆トティラに心酔し、そして彼のためなら命すら擲《なげう》つという者も非常に多かった。

そしてトティラは確かに残酷な点こそあるものの、非戦闘民や女性に対しての態度は非常に紳士的（あくまで山の民の中では、という話ではあるが）であった。

戦争上必要な場合を除いては、略奪や惨殺なども行っておらず、愉悦や快楽で人を殺したような形跡もまったくなかった。

トッドにとってトティラとは、残虐にして卑劣なる蛮族の王だった。

彼の力により王国はその力を大いに減じ、王族は皆殺されてしまうバッドエンド。

その際、殺されるエドワードに対しトティラが放った言葉はこうだ。

『世界よ、山の民を、そして我を恐れよ！　我こそ族王トティラなり！』

基本『アウグストゥス　～至尊の玉座～』において進行はリィンスガヤ王国視点でしか描かれることはない。

そのため彼は恐怖を与え血を求めて戦い続けた凶気の王という描写しかされていなかった。

それが今のトティラとは重ならないのだ。

ここ最近、密かにトッドの頭を悩ませていることがある。

――この世界は実は、ゲームに似ているだけで実はまったく別の世界なのではないのか。

そんな仮説が、頭から離れないのだ。

彼の知っている通りに進むことがほとんどだが、まったく想定していなかったような出来事も度々起こっている。

エドワードの育ち方、レンゲやガールルーのようなゲームに存在しない人物たち、そしてトティラの違和感。

トッドが策を巡らし、皆の行動を変えてきたからという理由だけでは説明できないようなイレギュラーが、いくつも存在しているような気がするのだ。

一応理論立てればある程度推測はできるが、それでもゲームに描かれていた部分の話になってしまう。

無論トッドは転生する際に、神に会って全ての説明を聞いたわけでもないし、考えたからといって答えがポンと出てくるような問題でもない。

（けどそれなら、トティラという人物は血に酔い恐怖を植え付けようとする暴君ではなく……いや、もしかするとこの後起きる何かの悲劇が、彼を変えてしまうという可能性もあるか）

ということは今自分と戦ったトティラは、自分が想定しているような極悪非道ではないということに……トッドの思考は、そこで中断される。

「失礼いたします、約束通りあやつを捕縛し連れて参りました」

「よし、通していいよ」

トッドは現在、シーラ山にあった平原の建築様式で建てられた家屋を、接収して使わせてもらっている。

後ろには甲冑を着込んだライエンバッハが控えているため、今は気を抜いてシラヌイは脱いでいる。

一応念のために、強化兵装だけは着けていた。

しばらくして中へ入ってきたのは、一人の兵士と……簡素な貫頭衣に着替えたトティラだった。

――そう、トッドは結局、トティラを殺さなかった。

トティラの胸には、大きな白い傷跡が残っている。トッドが回復魔法であの傷を癒した痕だ。

トッドは最後の最後になって、踏ん切りがつかなかったのである。

トティラという有名なキャラクターをこの場で本当に殺していいのかと悩み、まずは話を聞いてもらうことにしたのだ。

連れてこられたトティラもまた目を丸くしていた。

どうやら彼も、シラヌイを脱いだ人物の正体が、ここまで幼いとは想定していなかったらしい。

彼がシラヌイを脱ぐのは信頼できる人物が近くにいて安心ができる時だけなので、トッドを直に見た人物というのは意外に少ない。

トティラの様子から考えると、どうやらトッドの情報はそれほど広がってはいなかったようだ。

「……驚いた、まさかこれほどまでに幼いとはな」

「子供に負けた気分はどうだい？」

「最悪だよ、俺の子よりも年下に負けたと思うとな」

トティラは後ろに回した手を麻縄でグルグル巻きにされ、足には鉄球のついた鎖を着けられていた。

その見た目は明らかに罪人のそれだ。

来たらすぐに連れてくるようにと言っていたので、彼はこの格好のまま両陣営の間を通ってきたということになる。

ゆっくりと話をして、情が移ってもいいことはほとんどないだろう。

トッドは事務的に話をさっさと済ませてしまうことにした。

「以後君の氏族は全員吸収、トッドの氏族としてこちら側に迎え入れる。君のとこの人たちが取っていった女性たちは元いた場所に返すけど、文句はないでしょ？」

「当たり前だ、それらは全て勝ったお前が決めること」

今回トティラたちは氏族全てに動員をかけていたために、その中には女性たちの姿もあった。

そのため無理矢理連れてこられた者は元の場所へ帰っていいと、トッドは既に布告をしている。

そしてトティラの氏族が抱えていた大量の女性たちの中には、ガールーが探していた彼の姉の姿もあった。

無論山の民は勝者が全てを手に入れることができる。

彼女は氏族の数人からは手をつけられてはいたが、心身共に健康そのもので身籠もったりもしておらず、ガールーは安堵の息を吐いていた。

「それからホウ……山の民の人から聞いたんだけど、君には直属の戦士たちがいるよね。君を殺したら、一悶着《ひともんちゃく》起こすと思う？」

「それは……しない筈だ。一時の憎しみに瞳を濁らすなとあいつらには伝えている」

ちなみにトッドのところには、もしトティラを殺すならあいつら親衛隊員たちも一緒に殺してくれという嘆願がいくつか届いていた。

トティラの腹心である部下たちは、たとえ敵わないと知っていてもトティラのために立ち上がるかもしれないから……と。

　彼には一応、しっかりとした人望もあるのだ。

　ただ改革の多過ぎるやり方で、反発が大きかったというだけで。

　ゲーム内イベントでの先入観をなしに見れば、彼はただ山の民の中に現れた改革者でしかない。

　そして同時に力ある戦士でもあるため、彼の信奉者も多く、そのことから考えればカリスマも持っている……。

　戦術なども加味すればステータスの総合評価は、恐らくAランクには届くだろう。

　全体の中でも上位に位置している逸材だ。

　事前に情報がない段階では、王国は彼の意のままに動く山の民に為す術なく敗れたのだから。

　トッドの体がうずうずと動き出す。

　自身の中から湧き出る良くないものを自覚せずにはいられなかった。

「君が山の民を纏めようとしたのは、山の民の名を世界に轟かせるためだったんだよね」

「――もうそこまで調べがついているのか。その通りだ、俺は族王トティラと山の民の存在を世界に刻みつけたかった。決して我らが、平原の民に負けるものではないと」

「うん、本当に――その通りだと思う。僕がいなければ多分、君は山の民を一つにすることができただろうし、多分王国は君の率いる軍勢に負けた筈だ」

「……」

　トティラは目の前の少年が何を言っているか、さっぱり分からなかった。

山の民にとって大事なのは勝敗であり、結果。

それが全てであり、勝者は全てを手に入れ敗者は全てを失う。

だからこそトッドの敗者を讃《たた》える言葉が、耳を通り抜けていってしまい、上手く聞き取ることができなかったのだ。

（本来なら地位も名誉も失う筈の俺に対して、今こいつはなんと言った。自分がいなければ、俺が勝って平原の国を落としていただと？　弱気というかなんというか……これがこの男のやり方、ということか）

自分に自信のない、病的なほどの怖がり。

トティラはほんの少し会話をしただけで、トッドの根源的な部分を見透かした。

自分自身の身は顧みずに前に出る。

だが決して無謀なことはしない。

勇気を出しても問題ないという場面では、どこまでも大胆になれるだけの胆力もある。

相手を認めるからこそ事前によく調べ、謀《はかりごと》をなし、絶対に勝てる勝負だけをするその在り方は、トティラにはひどく異質に見えた。

（こいつはひどく歪だ。人としてねじ曲がっている）

こんな男と戦えば、それは負けるだろうと、トティラは思わずにはいられなかった。

——山の民の気質は、そんなねじくれたやつと戦えるほどに折れ曲がってはいないのだから。

「お前は、今後我らをどうするつもりだ？」

「僕の私兵として扱うよ。多分王国民より少し税とか下げて権利も減らした、二等国民みたいな扱いになると思う。でも根絶やしにしたりとかはしないし、多分今よりいい生活はできる」

「山を掘り、森を壊し、街を作るのか？」

「うーん……そればっかりは、ある程度は許してほしいかな。一応腹案もある。今は無理だけど、森は壊さずになんとかできるような伝手をこれから作る予定。山を掘削するのにもそれに適した人材がいるからなるべく以前と変わらないようにするつもりだし……リィンスガヤの人たちが住むための街はできるだろうけど、山の民としては生きていけるようにするつもりだよ」

この世界にはエルフやドワーフ、ホビットといった所謂ファンタジーな種族も存在している。

山の民の征服が終わった今、トッドは彼らの中でも特に有能な人物を引き抜くため、すぐにでもリィンフェルトの向こう側にある大森林へ向かわなくてはならない。

アキツシマに復活するヤマタノオロチのことも考えなくてはならないので、割とタイムスケジュールはカツカツなのだ。

「我らの有様は破壊される。そこにいるのはただ金を増やしぶくぶくと太るだけの、平原の民の真《ま》似事《ねごと》をする何かだ」

「変わらないものなんてないよ。僕は君たちを……というか君を放置できなかった。だから征服した。――勝った者に従うのが山の民の流儀だよね？　それに……山の民自体は消えないよ。彼らが王国民になって、以前と違う生活をしていっても、その血は連綿と受け継がれていくんだ」

「血が……？」

「僕の部下の男たちは、皆王国へ山の民を連れていくつもりらしい。彼らが子をなしたら、その子は王国民でもあるけれど、しっかり山の民の血も引いているでしょ？　だから山の民は消えないんだ。たとえ歴史から氏族の名がなくなろうと、王国民の中に確かに生き続けるんだよ」

トッドから放たれた言葉は、トティラが今まで一度として考えたこともないものだった。

山の民とは、有様そのもののことだと考えていた。

山の民とはなんなのかと考えれば、それは風習であり、そして風俗だろうと。

しかし血もまた、山の民を構成する確かな要素の一つだ。

氏族の中では深い血縁関係が築かれ、血のつながった者たちは、血族と呼ばれるほど固い絆で結ばれているのだから。

全てが変わっても、山の民の存在自体は血に入り込み、その命脈は受け継がれていく……聞いたことのない考え方だが、話されるとなるほどと思ってしまう。

「それに山の民は僕の私兵として扱うつもりだよ。変わるものもあるだろうけど、大事なところだけはそのまま保つつもり」

「お前は……我らを蛮族と言い放つ、平原の民だろう？」

トティラはかつて幼い頃、大人たちに連れられて平原の民たちと接触する機会があった。

今よりさらに数十年前は、ごく小さい規模であったが両者の間を行き来する隊商も存在していたのだ。

しかしやはりその頃から、差別というものは存在した。

その時の平原の民たちの蔑視は、子供だったトティラの心に一本の楔を打ち込んでいたのだ。

彼が山の民の力を示したいと思うその根源は、幼少期に受けた差別に端を発していたのである。

だがトッドは、そんな事情を知らない。

彼はあっけらかんとしながら、

「文化が違う、風俗が違う、そして風習が違う……ただそれだけのことじゃないか。まぁ確かに野蛮だなぁと思うところもあるけど、見習うべきところもあると思う。たとえば、女の子なんかそうさ」

「見習うべきところだと……？」

「うんそう、こっちの女の子って皆すごく素直なんだよね。一途で、純粋で、直情径行《ちょくじょうけいこう》なんだ。きっと勝てば女を好きにできるって風習がそうさせたんだろうけど、すごく真っ直ぐなんだよ。でも僕ら王国の女性は違う。恋愛を楽しむためにはなんだってするからね。僕ら王国民にとって、恋は戦争。でも山の民の女性たちにとって、恋っていうのはきっと、もっと生活の延長線上にあるものなんだ」

トティラは山の民のこんなとこがすごい、でもこんなところは駄目だと忌憚《きたん》なく意見を言うトッドを見て全身の震えが止まらなかった。

年齢の上下がどうこうなどというのはもはや問題ではない。

彼が周囲を従えるだけの力を持っていることも、ここに至っては関係がない。

トッドはただその見ている景色の鮮明さが、彼の視点から捉える世界の広さが、他の者とは圧倒的に違うのだ。

　征服するされるの関係ではない。

　差別するされるなどという問題ではない。

　トッドという人間はあらゆるものから良いところを抜き出そうとしている。

　使えるべきところは使い、直すべきところは直す。

　それを高い視点から行うことは、簡単なようで実はとても難しい。

　だがトッドの視点から語られる彼の言葉は、確かにトティラという人間の心を震わせるだけの何かがあった。

　彼は子供の頃に決意してからというもの、山の民が決して他の者たちに劣るものではないと証明するために戦ってきた。

　恐怖により皆を従えたのも、連峰を征服したのちに平原へ出ようとしていたのも山の民の優秀さを証明するためであった。

　しかし今目の前に、自分たちの優秀さを誰よりも理解する、誰より優秀な人間がいる。

　トティラは己の推測が勘違いだと思い直した。

　病的なまでに臆病なのではなく、常識すら疑うその頭の良さ。

　人として曲がっているのは、そうしなければ受け入れられぬほどたくさんのものをその手に抱き留めようとしているから。

　この男が未だ十二歳であることが信じられない。

知見も含めた何もかもが、老練な戦士を思わせるほどに深く、そして老成しているのだ。

「お前は……いったい何を見ている？　世界全土、大陸を越えた先にあるという大氷雪地帯や砂漠の民、あらゆる者を従えでもするつもりなのか!?」

「……へ？　そんなことしないよ。僕はただ、来るべきに備えて戦う準備を整えて、あとは弟妹たちとのんびり暮らせればそれでいいんだ」

だがどうやらこの男はトティラに本心を打ち明けるつもりはないらしい。

それも当然だ、彼とは今の今まで敵対していた敵同士だったのだから。

トティラは自分の人生を、山の民に捧げるつもりだった。

そしてその志は半ばにして折られ、彼の夢は破れた。

しかし己が打ち立てていた生涯の目的を嘲笑うかのように、トッドは新たなものを築き上げようとしている。

自分などでは想像もつかないような、大きく底の見えぬ何かを。

トッドはその発言から考えて、山の民と平原の民を纏め上げ、さらに彼は海を隔てた先にある国すら視野に入れている。

彼がその先に何を見据えているのか、ほとんど山を出たことのないトティラには分からない。

（分からない……だからこそ、知りたい）

今までは否定のための材料になっていた未知が、今では欲求の一つの探求欲を掻き立てるものへと変わっていた。

「お前は随分と俺を買っているんだな」

「——少なくとも向こう二年くらいは脅威だっただろうからね」

「……それほど短期間で、何かが変わるのか？」

「僕が着ていたあの鎧、あれより強いものを兵士たち皆に着用させる。戦場は変わるし、騎兵の時代は終わる」

トティラは自分たち山の民を併合しにやってきた理由が、近い将来の憂いを取り除くためのものだと知って笑った。

自分が全てを懸けてやってきたことは、トッドにとって目の上のたんこぶ程度のものでしかなかったのだ。

彼は何故自分がこうやってトッドに話をされているかが分からないほどにバカではない。

山の民を尊重すると言い、最後の一戦を除いては基本的に損害が出ないよう立ち回っていたトッドという人間は効率を重視する。

そう——たとえ昨日まで敵だった者を、即座に自陣に引き入れようとするほどに。

「悪癖ですな……いつかその甘さが身を滅ぼしますぞ」

「分かっちゃいるんだけどねぇ……どうにももったいない精神が働いちゃうのよ」

「もったいない……？」

トティラが理解を示したのを見てとったライエンバッハはたしなめるような口ぶりをする。

それに対しトッドは苦笑いをしながら、自分の後頭部をさすった。

そして顔をキリッとさせてからトティラの方を向く。

トティラは己の変化に気付く。

気付けば曲がっていた背筋は伸び、縛られた両手は拳を握っていたのだ。

それは彼がまだ生きていたいと思う気持ちと、そして己の役目を果たそうという気概の表れであった。

「俺をどうするつもりなんだ？　いや、違うな――俺は何をすればいい？」

「残念ながら、君には山の民の領域、つまりこのエルネシア連峰にいてもらうわけにはいかない。君はたくさん恨みを買っているし、碌なことにはならないだろうからね」

「なら平原――お前たちの暮らす国へ行けと？」

「そうだね、とりあえずは。やってもらうこととなるべくならやってほしいことはあるけど、まぁ色々と見て回るといいよ」

「俺に――自由を与えると？　隙あらばその喉笛を噛み千切り、また新たな場所で再起を図るかもしれんぞ」

「でもそれはきっと、山の民以外の人たちにすることになるよ。六王国連合とかに行くんなら、手助けくらいはするよ？」

「ハッ、バカを言え……今更お前がいる以外の国へ行く者がいるか。負けると分かっている氏族に混ざることほど、愚かなことはない」

　こうして結局のところ、トッドはまた新たな山の民を己の部下として取り立てることにした。

無論、元からトッドの氏族だった者やかつてトティラの氏族で不遇を受けてきた者からの反発は強いので、表だっては処刑したことにした。

『もう二度と、トティラがこの地に降り立つことはない』

トッドは一応、嘘は言っていない。

トティラは既に別天地へ向かわせ、ここへ戻らせるつもりはないのだから。

どうするかは悩んだが、結局トッドはトティラの部下で彼の親衛隊とされていた戦士たち十数名も合わせて王国へ連れていくことにした。

なんとなくの予感なのだが、彼らはそのまま置いておけば反乱分子になるような気がしたためである。

彼らとトティラは、王国へ帰る馬車の中で再会させた。

そして帰還か随行かを選ばせると、彼らは満場一致で、トティラについていくことを選んだのである。

また山の民を制圧した証拠を示すため、ホウを始めとした数人の元族長たちも馬に乗って王国へ来てもらうことにした。

トティラたちと会えば良くないことが起きるのは分かりきっているので、無論トティラたちにはかなりの遠回りをさせて、後で合流させるつもりだった。

「長かった……でもちゃんと終わったよ」

「お見事です、殿下。いや、族王トッド様と呼んだ方が？」

「もう、からかわないでよ。彼らにとっては王でも、僕はただの錬金王子なんだから――」

帰りの馬車の中、トッドはようやっと一つの憂いを取り除くことに成功したことに安堵し……そしてまだまだたくさんの問題が残っている事実に頭を抱えたのだった――。

エピローグ

連峰の裾野を歩き、王国まで辿り着くのには一週間程度の時間が必要だった。

出発してから王国へ戻るまで、三ヶ月弱の時間がかかったことになる。

これを長いと見るか少ないと見るかは物の見方によるだろう。

ちなみにトッド自体は、少し時間がかかり過ぎていると思っていた。

最初に連峰側にある王国の街へ行った時は、あわや大問題になるところだった。

何やら怪しげな服を着た集団や、馬に乗る蛮族たちがわざと見えるようにやってきたのだ。

年に一度ある蛮族の襲来だと、街では早鐘が鳴り、駐屯していた兵たちは襲来に備えて武器を持ち出し始めた。

その街を治める貴族がトッドと面識のある者でなければ、危ないところだっただろう。

トッドが彼の自宅へ直接赴き事態を説明したことで、最悪の事態は回避することができた。

ハルトたちは先に戻ってきていた筈なのだが、彼らは特に何も言わずにさっさと王都へ行ってしまったらしかった。

街の住民の山の民への悪感情は相当なものだったので、トッドはすぐに街を抜け自分たちの住処がある王都目掛けて旅を始めることにした。

行きとは違い、旅芸人の一座のフリなどをする必要はない。

トッドは自分を先頭に立てながら各地に触れを出し、蛮族を平定し終えたと言って堂々と帰還した。

最初は錬金王子がホラを吹いたなどと言って明らかに信じていない者もいたが、それも実際に彼の姿を見るまでのこと。

戦いを経て十二歳にもかかわらず精悍な顔つきをするトッドに、傷だらけの甲冑を身に纏うライエンバッハ、そして実際にトッドに傅《かしず》く山の民たちを見ると、皆の態度は面白いように変わった。

山の民たちは初めて見る景色に驚き、トッドたちにいちいち説明を求めてきた。

特に知識欲が高いホウなどは、暇さえあればあれはなんだと聞いてくるのでうんざりしてしまうほどだった。

ちなみに一行の中に、トティラたち追い出された山の民の姿はない。

彼らは後で合流する地点を決め、別の場所で待機してもらっている。

そしてさらに時間をかけ、会食やパーティーの誘いを適度に断り適度に受けながら、トッドはようやく王都へと帰ってきた。

慣れ親しんだ空気に、ライエンバッハに諸事や山の民たちの面倒を任せ、一人シラヌイに乗って駆け出す。

最初は驚く人たちの間をすり抜けていたが、それだとあまり速度が出なかった。

人に当たっても危ないなと考え、屋根から屋根へと跳んで移動していく。

そして最短距離で、慣れ親しんだ王宮へと向かっていった。

気が逸りながら急げ急げと自分をせかしていると、気付けば王宮の目の前にまで辿り着いていた。

そしてやはりというか、明らかに王宮に向かう不審者を捕まえるべく街の衛兵から親衛隊までが勢揃いしていた。

「貴様！　王宮になんの用だ！」

「ごめん、僕だよ僕」

「……トッド殿下⁉」

「帰ってきたんだ、もう話は通ってるでしょ？」

「……ハッ、我ら一同トッド殿下の帰りをお待ちしておりました。国王陛下がお待ちです、今すぐ謁見室へ……」

「ああごめん、父さんへの説明は後で。まずは行かなくちゃいけないところがあるからさ」

自分を引き止めようとする親衛隊たちに謝りながら、トッドはシラヌイを脱ぎ捨ててから、自分の足で王宮へと入っていく。

入り口を入って、すぐ右に。

家庭内庭園を抜けて廊下を真っ直ぐ行き、さらに三つ目の扉を開けばそこには……。

「え……」

三ヶ月ぶりに会う、前よりさらに男前に磨きがかかっているエドワードの姿があった。

切れ長な瞳は美しく、こちらから見える横顔は芸術品のように美しい。

「やぁエドワード、良い子にしてたかい？」

「……兄上っ!!」

感極まったエドワードが、椅子から立ち上がる。

急に姿勢を変えたせいかつんのめり転びそうになるが、腕を回してバランスを保つことで姿勢を維持。

そして体勢が落ち着いたところで再度走り出し、トッドに抱きついてくる。

お世辞にも、今トッドが着ている服は綺麗とは言えない。

一応彼なりに気を付けてはいたが、シラヌイの中にいれば変わらないと着ているのは出発した頃と同じものだ。

さらに今はシラヌイを動かした後なので、結構汗も掻いている。

ぶっちゃけ、かなり臭う筈だ。

「ごめん、今は臭いからそういうのはまたお風呂入った後で……」

「兄上、聞きましたよっ！　本当に……本当に成し遂げられたのですね！」

「うん、まあ……ちょっと時間はかかっちゃったけどね」

何を言っても聞かなそうなので、トッドはおとなしくエドワードを抱きしめることにした。

だが腕を回そうとした段階で、無意識のうちに手が止まる。

そして凍ってしまったように動かなくなった。

その原因は、すぐに分かった。

トッドはこの遠征で、たくさんの人を殺した。

無論必要な犠牲だったのは間違いないが、それでも自分の手が血に濡れたのは事実だ。

血まみれの腕で、まだエドワードを抱いてもいいのだろうか。

そんな思いが、トッドを硬直させたのだ。

「兄上、色んな話を聞かせてください！　僕も話したいことがたくさんあります。本当に、たくさんたくさん！」

「うん、いいけど……」

だが自分を見上げる弟の顔を見ると、そんなことで悩むことが馬鹿らしくなった。

トティラを恐れ山の民を征服してきたのは、自分が考えて行動した結果だ。

その結果に後悔はないし……してはいけない。

自分が戦ってきたのは、自分と家族皆を守るためだったのだから。

だからそんな小難しいことは考えなくていいのだ。

今はただ再会できた喜びを、エドワードと分かち合えればそれで――。

「ねぇエドワード」

「はい、なんですか兄上？」

「僕はまだ……君の頼れる兄のままでいるかな？」

トッドは四年もの時間を、自分とその周囲の人たちを幸せにするために費やしてきた。

他人からは錬金王子だとバカにされようと、自分を持ち上げていた貴族たちが皆手のひらを返そうと気にせずに、機動鎧開発のために真っ直ぐ突き進んできた。

そして今その努力がようやく、山の民を征伐してきたという結果として表れてくれた。

「これで少しは、僕のすごさを世間に知らしめることができたかな。エドワードが尊敬するような、兄として」

「……はいっ、兄上はいつだって、僕の……」

「あー、本当に兄上がいる！」

「帰ってきてたんですか⁉」

「おにーちゃん！」

エドワードから視線を横に移すと、どこから嗅《か》ぎつけてきたのか弟妹が勢揃いしていた。

皆がトッドがいることにびっくりして、抱き合っている二人を見て指を指している。

「お帰りなさいませ兄上、私は兄上がぶくんを立てて帰ってくると信じてましたわ！」

「兄上……まずはお風呂に入った方が」

「わたしもぎゅー！」

おしゃまなエネシアは騎士の帰りを待っていた姫のような言葉遣いをして近づいてきた。

タケルは離れていても臭ってくるトッドの激臭に顔をしかめている。

とりあえず皆で抱きつき合うゲームをしていると思っているアナスタシアは、エネシアと一緒にトッドの背中に取り付いた。

「は、はは……ただいま」

背筋に力を込めて、二人を持ち上げる。

力んで真っ赤になっているトッドの顔を見て、エドワードたちが笑った。

エドワードはトッドから離れて、自分の研究を発表する学者のように大きく手を広げた。

「兄上——これもまた、あなたが出された結果の一つです。皆が兄上を慕い、こうして仲良く暮らせています。いがみ合い憎み合うのが常である筈の王族が、これだけ仲良く過ごせている。こんなの、普通じゃありえないことですよ」

先ほどの質問の答えは、最後まで聞くことはできなかった。

だがどうやらトッドはまだ……エドワードの頼れる兄でいてもいいようだ。

思っていたよりもたくさん仲間が増えたし、まさか憎き敵キャラだった筈のトティラまで仲間にしてしまうとは思ってもみなかった。

このゲームのようでゲームではない世界は、想定外のことばかり起こる。

(でも僕とその周囲、それから原作で好きだったキャラクターたち。彼ら全員と、王国民に山の民。彼らが皆幸せになれる——そんな僕だけのグランドルートを探り当てよう。たとえそれがどれだけ、難しいことであろうとも)

トッドは弟妹たちの体温を感じ、帰ってきたことを実感しながらそう思った。


彼の旅路は、まだ始まったばかり——。

あとがき

はじめましての方ははじめまして、そうでない方はお久しぶりです。

小説家になろう様にて活動をさせていただいているしんこせいと申す者でございます。

突然ですが、皆さんはロボットものと呼ばれるジャンルの作品を見られたりしますでしょうか。

自分は結構見る方でして。特にサンライズさんの作品が好きで、グレンラガ○やコード○アスを見て育ち、大人になってからダンバイ○やバイファ○を見てより一層ハマった感じです。

面白いものを見たら、こんなものを自分でも作ってみたいと考えるのがクリエイターの性《さが》。いつかロボットがウィンウィン動くお話を書くんだと思ってから月日が流れ。いっちょやったるかぁと思い書いたのがこの『かませ犬』になります。本文を読みきるより前にあとがきを読む人も多いと思うので、内容についてはあまり触れないようにしておこうと思います（かく言う自分もそっちのタイプです）。トッドがいかにして頑張ったのかを、ぜひ見届けていただければと思います。

さて、まったく話は変わるのですが、皆さんは何かに集中しようとした場合、どんな風にやることが多いでしょうか？　自分はまず最初に環境を整えるタイプです。今も自宅だとスマホをいじっちゃうので、スマホをベッドにぶん投げて喫茶店にこもりながらこのあとがきを書いています。スマホの誘惑に負けず、カフェでパソコンをカタカタやっている人を見ると、いつもすごいなと思いますね。

もちろん喫茶店にいても、集中できないこともあります。やれ最近の物価がどうだのという話を大声でされると気が滅入ってしまいます。暗い話をするくらいなら、明るい話をしようじゃないかと上を向きたくなる今日この頃です。

自分は集中ができない場合はすぐに場所を変えますので、最近毎月の喫茶店代が天元突破しております。それもこれもまったく最近の物価のせいで……（特大ブーメラン）。

「いくつも喫茶店に行くくらいなら、代金を抑えるためにコワーキングスペースなんかいいんじゃないの？」と友人に言われることがあります。なんでもリモートワークなんかをするためのサラリーマンさん達が集まる場所らしいです。字面もかっこいいし一回くらいは行ってみたいとは思うんですが、なんだか敷居が高くて未《いま》だ一度も足を踏み入れたことはありません。

やっぱり喫茶店が一番ですね、結局人間そう簡単には変われないものなのです。

真面目モードに戻りまして、改めて謝辞を。

編集のOさん、今作を見出《みいだ》していただきありがとうございます。併せてゴーサインを出してくれたぶんか社様にも大きな感謝を。『なろうでロボットもの……アリだな』という柔軟な発想をしてくださったおかげで、今この作品が店頭に並んでおります。

イラストを担当してくださったダイエクスト様、恐らくあんまりラノベでやらないであろうロボデザインまでしていただいて、感謝の念を禁じ得ません。

そして何より、この作品を手に取ってくれたあなたに感謝を。あなたの心に何かが残せたのであれば、作者としてそれに勝る喜びはございません。それではまた、二巻でお会いしましょう。

BKブックス

かませ犬な第一王子に転生したので、ゲーム知識で無双する

2023年1月10日　初版第一刷発行

著　者　しんこせい

イラストレーター　ダイエクスト

発行人　今 晴美

発行所　株式会社ぶんか社
〒102-8405　東京都千代田区一番町29-6
TEL 03-3222-5150（編集部）
TEL 03-3222-5115（出版営業部）
www.bknet.jp

装　丁　AFTERGLOW

編　集　株式会社 パルプライド

印刷所　大日本印刷株式会社

ISBN978-4-8211-4649-9

Printed in Japan